JANINE BOISSARD

Dès l'âge de vingt ans, Janine Boissard commence sa carrière d'écrivain sous le nom de Janine Oriano, son nom de femme mariée. Avec *B comme Baptiste*, elle est la première Française à publier dans la collection « Série Noire ». En 1977, la grande saga *L'esprit de famille*, publiée cette fois sous son nom de jeune fille, la fait connaître du grand public. Parallèlement, elle écrit pour la télévision. Les chambardements dans la famille, les problèmes de couple et la place de la femme moderne dans le monde du travail sont les thèmes le plus souvent abordés par Janine Boissard dans ses romans. Parmi ses plus grands succès, on retiendra : la saga des *Belle-Grand-Mère*, *Une femme en blanc* (1996) suivie de *Marie-Tempête* (1998) et de *La Maison des enfants* (2000). *Parce que c'était écrit...* (Pocket, 2010) a paru précédemment sous le titre *Les miroirs de l'ombre* chez Fayard.

Mère de quatre enfants, Janine Boissard a publié une quarantaine de romans, notamment, parmi les plus récents, *Un amour de déraison* (Le Rocher, 2008), *Malek* (Fayard, 2008), *Loup, y es-tu ?* (Robert Laffont, 2009), *Sois un homme, papa* (Fayard, 2010), et enfin *N'ayez pas peur, nous sommes là* (Flammarion, 2011).

# JANINE BOISSARD

UN AMOUR DE DÉRAISON

ÉDITIONS DU ROCHER

Le papier de cet ouvrage est composé de fibres naturelles, renouvelables, recyclables et fabriquées à partir de bois provenant de forêts plantées et cultivées durablement pour la fabrication du papier.

Le Code de la propriété intellectuelle n'autorisant, aux termes des paragraphes 2 et 3 de l'article L. 122-5, d'une part, que les « copies ou reproductions strictement réservées à l'usage privé du copiste et non destinées à une utilisation collective » et, d'autre part, sous réserve du nom de l'auteur et de la source, que les « analyses et les courtes citations justifiées par le caractère critique, polémique, pédagogique, scientifique ou d'information », toute représentation ou reproduction intégrale ou partielle, faite sans le consentement de l'auteur ou de ses ayants droit ou ayants cause, est illicite (article L. 122-4). Cette représentation ou reproduction, par quelque procédé que ce soit, constituerait donc une contrefaçon sanctionnée par les articles L. 335-2 et suivants du Code de la propriété intellectuelle.

© Éditions du Rocher, 2008.
ISBN 978-2-266-18507-3

Merci à Jacques-Olivier Gratiot, poète, viticulteur, qui a accompagné mon projet de mêler l'amour à la vigne.

À Nicolas Thienpont, ardent combattant au service du vignoble bordelais, qui m'a guidée au long des différentes saisons de l'arbre de vie.

À Bordeaux, qui m'a offert, dans le chant amoureux de son fleuve, sous l'éclat de son ciel atlantique, les splendeurs du passé, mêlées à l'élan d'aujourd'hui. Ainsi que la saveur du bouquet de ses vins.

Et merci à mes anges gardiens, Gilles Paris et Laurent Clerget.

Première partie
LA FÊTE DE LA FLEUR

Chapitre 1

Tout d'abord, on a procédé à la taille en éliminant les sarments les plus anciens pour permettre à ceux qui porteraient la future récolte d'exprimer toute leur vigueur. Un peu partout dans les vignobles, des feux ont été allumés, des grillades jetées sur les braises parfumées des rameaux, qu'ont dégustées des hommes et des femmes fiers et heureux.

Dès que le temps s'est fait plus doux, la Gironde plus sage, on a déchaussé la vigne en retirant autour de chaque pied la terre qui, durant l'hiver, l'avait comme protégée du froid. Le bois dénudé a pu ainsi jouir au maximum des premiers rayons du soleil et c'était comme ouvrir la porte au plaisir.

La sève est montée; à l'abri de leur cocon, les bourgeons sont apparus, ils ont gonflé, ils se sont allongés, les lèvres des feuilles se sont écartées de la pousse qui pointait, la grappe est devenue visible et, en ce beau jour de juin, au domaine d'Aiguillon, quarante-huit hectares de haut-médoc non loin de Saint-Estèphe, selon la tradition, nous fêtons la fleur.

– Viens voir, Anne-Thé.

Je rejoins Paul, mon mari, à la fenêtre. Sous le bleu poudré du ciel, les puissantes vagues vertes piquetées de blanc se succèdent, arrêtées dans leur élan par la haie de châtaigniers, chênes et pins qui marque la fin de notre vignoble.

— Tu sens ?

De la vigne, monte une lourde odeur citron-violette où Paul flaire les gros sous et moi de doux souvenirs d'enfance.

Mon regard descend dans la cour. Sous la direction d'Enguerrand, notre fils, une petite troupe s'affaire autour de la tente dressée pour recevoir nos invités de ce soir : une centaine. Un second buffet a été prévu à l'intérieur et, comme il n'est pas de fête sans musique, de jeunes artistes se produiront dans les anciennes écuries, transformées pour l'occasion en salle de concert. Un feu d'artifice clôturera les réjouissances, auquel répondront ceux des châteaux voisins. La nuit aussi fleurira. Mon seul regret : notre fille, Aliénor, ne sera pas présente. Depuis bientôt trois ans, elle vit aux États-Unis.

Paul m'entraîne à l'intérieur de la chambre.

— La plus belle des fleurs voudrait-elle fermer les yeux ?

Je ferme et, autour de mon poignet, je sens s'enrouler le frais serpenteau d'un bracelet.

— Joyeux anniversaire, ma chérie.

Il se trouve que cette année, les deux fêtes tombent en même temps, quelle faute de goût ! Si encore c'était mes vingt ans que l'on célébrait. J'en ai eu soixante ce matin et je suis quatre fois grand-mère.

— Tu peux regarder.

C'est une montre or et diamants signée d'un grand couturier.

— Oh ! Paul, tu n'aurais pas dû !
— Pour ma femme, rien ne sera jamais trop beau.

Ouais... Et pour Carrie ? Parions que la dernière maîtresse en date de mon époux (elle a à peine trente ans, bottes, short et nombril à l'air, à ce que m'ont rapporté de charitables amies) a eu droit au même présent. Lorsque Paul offre un bijou à l'une ou l'autre de ses conquêtes, je suis assurée d'avoir le même : sa façon de soulager sa conscience en emplissant ma cassette. Ainsi y ai-je, sous forme de colliers, clips, bagues ou bracelets,

Brigitte, Colette, Lucile. Et, plus récemment, les prénoms étant aujourd'hui davantage puisés dans les séries télé que dans le calendrier des saints : Jill, Judy, et ladite Carrie, héroïne de Stephen King avant de devenir, ça tombe bien, celle de *Sex and the City*.

Il ne m'a pas échappé que, le temps exerçant ses ravages, la valeur des présents augmentait, le barbon ayant de plus en plus à se faire pardonner rides, bourrelets, et sans doute une moindre ardeur.

– Montre-toi un peu ?

Au centre de la chambre que nous ne partageons plus, je virevolte docilement. D'un regard de propriétaire, Paul approuve la femme restée mince dans sa robe sagement décolletée, les cheveux auburn, coiffés mi-longs, encadrant un visage, ma foi, resté frais, et les yeux pairs qui n'ont jamais chaviré qu'entre ses bras.

– J'en connais un qui va encore faire des envieux, ce soir ! soupire-t-il avec satisfaction.

Paul adore entendre ses amis me complimenter. « Comment faites-vous, Anne-Thé, pour rester si jeune ? » Il faut le voir attendre ma réponse, assortie d'un délicat clin d'œil dans sa direction. « Si vous le lui demandiez ? »

Il est si facile de faire plaisir à un homme. Et si je n'aime plus mon mari, je n'en continue pas moins à l'aimer beaucoup.

– On peut entrer ? s'annonce Enguerrand, qui ouvre la porte à la volée sans attendre de réponse, assuré qu'il est de ne pas nous surprendre sous la couette.

Notre fils, lui, vient d'aborder la quarantaine. Il occupe avec sa femme et leurs deux enfants, Marie-Jeanne et Merlin, l'aile gauche du domaine où ils vivent en totale indépendance. Sorti d'une fameuse école de commerce, Enguerrand prendra un jour la succession de son père. Grâce à sa parfaite connaissance de l'anglais et d'Internet, il s'occupe aujourd'hui plus particulièrement de l'exportation.

Lise, sa femme, citadine pur jus, n'a rien à cirer de notre vignoble. Elle gère de main de maître, à Bordeaux, une boutique de déco qui lui permettrait de planter là Enguerrand et de retomber sur ses pieds au cas où il lui prendrait la fâcheuse idée de se payer des minettes comme son père. Personnellement, j'en serais étonnée car, si physiquement mon fils ressemble beaucoup à Paul, je crois lui avoir transmis une loyauté qui me le rend d'autant plus précieux.

Il me regarde avec tendresse.

– Tu es très belle, maman.

Puis à son père : « Peux-tu venir voir pour le vin, s'il te plaît ? »

– Tout de suite. À tout à l'heure, Anne-Thérèse.

La porte s'est refermée. Je me suis assise au bord de mon lit, chagrinée. Anne-Thérèse... Paul aurait-il oublié la seule condition que j'avais mise à notre mariage ? Ne jamais prononcer le « Thérèse » en entier.

Et pour cause !

Je venais d'avoir cinq ans et vivais alors à Bordeaux où mon père était magistrat, lorsque je découvris l'origine de ce second prénom, qu'instinctivement je trouvais glauque.

Ce matin-là, au cours du déjeuner que nous prenions en tête à tête, maman étant malade, il m'avait demandé de revêtir ma jolie robe à smokes pour l'accompagner à l'hôtel de ville où l'on célébrait un illustre écrivain auquel il souhaitait me présenter. Lui, d'ordinaire si calme et mesuré, bouillonnait d'une étrange excitation.

Quelques heures plus tard, dans les lambris dorés de ce qui me sembla être un palais, durant d'interminables discours ponctués d'applaudissements, dressée sur la pointe de mes sandalettes à boucles, je tentais en vain d'apercevoir celui qui avait réussi à faire oublier à mon papa de prendre son dessert.

La réception se terminait par une signature et il nous fallut patienter encore longtemps avant d'arriver à la table chargée de livres derrière laquelle officiait l'important personnage.

Je découvris alors un homme vêtu de gris, au crâne déplumé, au regard de faucon qui me terrifia.

– Maître, permettez-moi de vous présenter ma fille : Anne-Thérèse.

Ignorant encore que j'étais un hommage vivant rendu à l'œuvre de l'écrivain, mon effroi redoubla lorsqu'il se souleva pour balayer ma joue de sa courte moustache en prononçant ces mots qui devaient me suivre toute ma vie.

– Ma filleule, en somme ?

Sur la couverture du livre qu'il me dédicaça, je déchiffrai mon second prénom : Thérèse.

Des années plus tard, étudiant François Mauriac au lycée, et trouvant le premier, Anne, dans *Thérèse Desqueyroux*, je compris que, lors de mon baptême, mon père m'avait placée sous la double protection d'une victime et d'une empoisonneuse.

Chapitre 2

Notre réception a été une réussite. Au ciel, un fouillis d'étoiles semblait répondre aux fleurs sur les sarments. Les échos d'autres réjouissances le long de la Gironde et, par-delà, dans tout le Bordelais où l'on fêtait le vin formaient comme une chaîne fraternelle. Et chacun ressentait le privilège d'appartenir à ce coin béni de France où depuis des siècles l'homme cultive l'arbre de vie.

Hélas, il a fallu que Paul me réserve une surprise dont je me serais bien passée.

La chaleur désarmait enfin, les buffets avaient été pillés, les tonnelets vidés, je faisais des politesses au salon lorsqu'un immense gâteau en forme de pierre tombale a glissé jusqu'à mes pieds, poussé sur une table roulante par mes petits-enfants, apprenant à tous que je venais de chavirer dans la fatale dizaine des « sexas ».

J'ai dû, sous les applaudissements du public, tenter d'éteindre la forêt de flammes du désastre, avant que chacun se présente pour recevoir sa petite part de ma vie, nappée d'un linceul de sucre-glace, en me présentant des félicitations qui sonnaient à mes oreilles comme autant de condoléances.

Tendrement collé à ma hanche, mon vieux beau, fort des trente bougies de Carrie, assumait avec le sourire ses soixante-dix ans. Il ne manquait à mon bonheur, sur le mur d'en face, que le regard d'Antonin et de

Madeleine d'Aiguillon, feu mes beaux-parents, dans leur cadre doré.

Antonin, fondateur du domaine, se tient debout derrière le fauteuil à oreillettes que remplit à pleins bords Madeleine. Le visage est rougeaud, le sourcil épais, la lèvre gourmande. L'œil émoustillé semble clamer : « Ah, ah ! je m'en serai payé une bonne tranche ! » Il en est d'ailleurs mort prématurément.

Madeleine ne vaut guère mieux. Le visage s'effondre, retenu par les cabochons noirs de deux yeux méchants. Un ruban de gros-grain peine à contenir les fanons du cou. Les bijoux dont elle est couverte dénoncent-ils les frasques de son mari ? On a toujours été très attaché aux traditions dans la famille.

Il était près de onze heures lorsque mes fossoyeurs ont tous été servis. J'ai refusé la part qu'on m'avait gardée et profité de ce que Paul l'engloutissait avec la sienne pour me sauver.

Une brise légère courait dans le jardin et c'était comme se désaltérer. Venant des anciennes écuries dont le portail était ouvert à deux battants, un tendre flot de musique de chambre s'échappait.

La musique a toujours barbé Paul qui, en plus, devient sourd d'une oreille, aussi m'avait-il laissé le soin de m'en occuper et, sur les conseils d'une amie, avais-je retenu un groupe de jeunes artistes dont on disait grand bien.

Lorsque je me suis glissée sous la voilure de poutres, deux garçons et une fille interprétaient un trio de mon musicien préféré : Franz Schubert. C'est en chantant avec ma chorale son *Ave Maria*, que j'ai eu, toute jeunette, un coup de foudre pour celui qui savait si bien marier douceur et enthousiasme, piété et opéra. Récemment, feuilletant le dictionnaire et découvrant son nom juste sous les « Schtroumpfs », j'ai été scandalisée. Ne me dites pas que ces messieurs de l'Académie n'auraient pas pu trouver quelqu'un de plus convenable pour les séparer ?

Aimer Schubert ne m'empêche nullement d'apprécier la variété : je nostalgise avec Aznavour, brûle avec Sardou et explose avec Johnny.

– Ton âme de midinette, se gausse Paul.

Je veux ! Toute différence avec l'âme certes admirable, mais sévèrement entortillée de mon illustre parrain est bonne à prendre.

Le trio a été longuement applaudi. Puis le pianiste, un long garçon d'aspect fragile, au délicat visage de faon encadré de boucles châtains, s'est remis à son instrument et a interprété, seul cette fois, un impromptu du grand compositeur, de façon si poignante que les larmes m'en sont montées aux yeux.

C'est à cet instant qu'un fin sarment, la main de Marie-Jeanne, aînée d'Enguerrand, s'est glissé dans la mienne.

– Mamie-Thé, tu viens ? Grand-père te cherche partout. Il dit que le feu d'artifice va bientôt commencer.

Impossible de résister à Marie-Jeanne ! Onze ans, blondinette coiffée afro, lunettes à la Harry Potter, une rafraîchissante insolence. Je lui ai enseigné très tôt à faire des bêtises, ce dont j'avais été privée à son âge à cause d'une mère victime d'une longue maladie et dont on m'affirmait qu'elle me surveillait du ciel. Oh, rien de bien terrible, seulement de quoi se démarquer du morne troupeau enfermé dans le clos des bonnes manières.

Nous avons, main dans la main, rejoint les invités sur la pelouse. Dans le ciel, les corolles multicolores des châteaux voisins explosaient déjà.

Lorsque son orgueil est en jeu, Paul oublie d'être pingre et, durant un grand quart d'heure, il nous en a mis plein les yeux et les oreilles, jusqu'au bouquet final, salué par les « Ah ! » et les « Oh ! » de rigueur.

– Pourquoi tu es triste, Mamie-Thé ? m'a demandé soudain ma diablotine.

Un doux air de Schubert est passé.

– Je suis triste, moi ?

– Tes yeux.

Inutile d'essayer de mentir aux enfants : ils connaissent la vérité, parfois même avant nous.

– Peut-être que mon gâteau était un peu trop grand, avec un peu trop de bougies.

Marie-Jeanne a réfléchi.
– Les corps célestes, tu connais ?
– Pas vraiment.
– Eh bien nous, on les a appris à l'école. Si tu vas plus vite que la lumière et que tu arrives dans une autre planète qu'on peut pas voir d'ici, les années passent pas pareil.
– Ah bon ? Tu es sûre de ça ?
– Méga sûre. Et moi, c'est les bougies en plus que je voudrais. Alors, j'ai inventé un truc. Ça marche aussi pour celles en moins. Tu veux que je te le donne ?
– Méga oui.
– Eh bien, avant de te coucher, tu regardes le ciel, tu te choisis une planète derrière les étoiles, tu fermes les yeux. Tu comptes tes années en plus ou en moins, et quand tu les rouvres, ça y est, t'y es, plié.

Mon parrain était peut-être un grand romancier, ma petite-fille est le génie de la poésie.
– Tope là.

Paul nous rejoignait d'un pas vacillant. À lui aussi, quelques bougies en moins n'auraient pas fait de mal.
– Tu me raconteras ? a chuchoté Marie-Jeanne.
– Promis.

Comment aurais-je pu me douter que mon décollage pour les étoiles était imminent ?

Chapitre 3

Plonger dans le ciel avant de dormir est une vieille habitude. Toute petite, je dessinais dans les étoiles le visage de ma mère disparue, mot terrible qui me donnait à espérer qu'un jour je la retrouverais, comme ces poupées qu'après avoir longtemps cherchées en vain je voyais réapparaître au fond de mon coffre à jouets ou sous mon lit.

Adolescente, délicieusement nue dans la chaleur des nuits d'été, je voyais passer devant la lune des nefs emplies de chevaliers qui m'invitaient à les suivre vers de grisantes aventures.

Depuis mon mariage avec Paul, la Gironde toute proche me parle du mascaret, cette vague gonflée d'affluents qui, lors des grandes marées, remonte dans les terres à une vitesse vertigineuse et menace de tout emporter.

Mon bain pris malgré l'heure tardive, revêtue du long T-shirt soleil que m'avait offert Marie-Jeanne à Noël dernier, je me suis mise à la fenêtre pour tenter, comme elle me l'avait conseillé, de dépasser les étoiles.

Le ciel en palpitait tandis qu'au loin un son rouillé, entêtant, semblait me convoquer. Paupières closes, j'ai compté dix bougies en moins (inutile d'être trop gourmande pour commencer) et, retombant sur terre après une longue inspiration, je n'en ai pas cru mes yeux.

Le son rouillé ne venait pas du ciel mais de la balancelle où, à l'abri du gros tilleul, j'aime à lire des romans que mon parrain qualifierait sans doute de « petits », mais qui savent vous dilater le cœur autrement que les siens, où la mauvaise odeur du péché, du scrupule ou du remords a une fâcheuse tendance à empoisonner le plaisir.

Or ne voilà-t-il pas que cette balancelle était agitée de furieux soubresauts, comme si quelqu'un s'était mis en tête de la défoncer. À DEUX HEURES DU MATIN !

Je ne suis pas froussarde de nature. Lorsqu'un hurlement féminin retentit dans la maison, c'est toujours moi qui me précipite pour cueillir délicatement entre deux doigts la petite bête à poil, carapace ou ailes, qui honore de sa présence notre vieux toit et lui rend la liberté.

En ce qui concerne les dangers plus conséquents, la curiosité l'a toujours emporté sur la peur chez moi. C'est ainsi que je me suis retrouvée descendant l'auguste escalier de pierre dont la rugueuse fraîcheur m'a informée que j'avais oublié de me chausser. Trop tard !

Vêtue de mon seul T-shirt soleil, j'ai traversé le salon sous le regard effaré d'Antonin et de Madeleine dans leur cadre doré. Sur le perron, la chaude haleine de la nuit m'a enveloppée tandis que tous les corps célestes unissaient leur lumière pour me crier « Vas-y ! »

J'ai obéi.

Dans la balancelle, un jeune homme aux boucles châtains pleurait comme un enfant.

Le cœur battant, je me suis glissée à ses côtés, m'attendant à ce qu'il s'évapore, et j'ai demandé le plus doucement possible :

– Qu'est-ce qu'il y a ?

– Il y a qu'elle m'a jeté, la garce, a-t-il lancé avec fureur en sortant son visage de ses mains.

C'est alors que j'ai reconnu le pianiste qui avait interprété, comme autant de coups de poing dans mon cœur, la sonate de Schubert.

Il ne faut jamais brusquer les enfants. Et qu'ils soient musiciens, peintres ou écrivains, les artistes restent toute leur vie des enfants, sinon ils ne nous enchanteraient pas de la sorte en puisant dans un instinct miraculeusement resté brut.

Je me suis donc bien gardée d'intervenir et en ai été aussitôt récompensée.

– La seule chose qui l'intéresse, c'est la thune, merde !

Du plus profond de mon être, j'ai acquiescé. La thune, je vis dedans avec Paul. Le labeur acharné qui permet de l'amasser, le pouvoir qui se construit autour, les honneurs qui en découlent. Et tout cela au détriment de la douce flânerie, la musarderie, sans plus prendre le temps du dialogue et de la tendresse.

– Finalement, ce qu'elle voudrait, c'est clair. Que je joue les toutous sur son foutu bateau en interprétant de la variété pour ses cons de touristes.

Il a levé les mains, il a regardé son instrument, il a regardé la musique : « "Tu joueras avec ton groupe à tes moments perdus", voilà tout ce qu'elle trouve à me dire, *shit* ! »

Moments perdus... comment peut-on appeler ainsi ces quelques heures, arrachées au travail, où l'on met le meilleur de soi-même : écrire, peindre, dessiner, faire de la musique. Ce que l'obligation de gagner sa croûte vous condamne à ne pratiquer que le dimanche ou durant ses jours de RTT. Perdus pour qui ? Ah, faire de sa vie un festin de moments perdus !

Là, et bien que je n'aie rien contre la variété, ni contre les touristes qui font prospérer nos caves, je me suis autorisée à prendre la main de l'artiste. Et comme s'il n'attendait que cet encouragement, il a abattu sa tête sur mon épaule, logé ses boucles dans mon cou et, sentant son souffle, un frisson m'a parcourue. Sans doute aurais-je dû me couvrir davantage.

Du doux buisson châtain, une plainte est montée.

– Et du coup, la panne ! Comment voulez-vous baiser une fille qui vous regarde comme un nullard. Plus rien.

D'un geste candide, afin que je ne puisse douter du siège de la panne, il a désigné l'endroit, et je ne me suis plus sentie le droit de me taire.

Oui, aujourd'hui, trop de femmes, voulant tout régenter, y compris le désir masculin, finissent par en dérégler le fragile mécanisme. Celui-ci enrayé, bien malin qui pourra dire quand il repartira.

Il fallait à tout prix éviter de laisser s'installer une idée fixe sous ce jeune front, aussi ai-je dégagé mon épaule et me suis-je levée.

– Viens !

Tout à son chagrin, le pianiste n'avait pas eu le temps de regarder celle qui s'était portée à son secours et c'est seulement à cet instant qu'il m'a découverte.

Son regard incrédule est allé de mes pieds nus à mon T-shirt soleil et il a demandé :

– Mais d'abord, qui êtes-vous ?

Pouvais-je lui répondre : « la maîtresse de maison » ? Jamais il ne m'aurait crue. Et là, une nouvelle fois, Marie-Jeanne est venue à mon secours.

J'ai mis un doigt sur mes lèvres, chut ! et je lui ai désigné une étoile. Et comme les musiciens les habitent toutes, sans même me demander de laquelle je venais, il m'a offert un rire, son premier, avant de se lever d'un bond.

– Moi, c'est Florian.

Florian, flore, fleur, anniversaire... Il était long, mince, des épaules et des hanches étroites. Vingt ? Trente ans ? Pour les filles comme pour les garçons, qui de plus en plus se ressemblent, il est parfois difficile de le dire.

Il a saisi la main que je lui tendais.

– Et on va où ?

– Surprise !

Traversant la pelouse, j'ai senti sous mes pieds, comme une promesse, la fraîcheur d'aubes à venir. Il n'a pas semblé étonné que je le ramène là où, quelques heures auparavant, il criait déjà sa douleur, les anciennes écuries. Autrefois, nos enfants les utilisaient comme ces « cabanes » dont tous rêvent : des lieux interdits aux grandes personnes. Ils s'y réfugiaient avec leurs copains, faisaient cuire des patates sous la cendre qu'ils mangeaient avec les doigts, dormaient tout habillés dans des sacs de couchage en ayant l'impression d'être des explorateurs, ce qu'ils étaient en effet : explorateurs du monde adulte, vaste jungle où ils avaient hâte d'aborder, sans savoir que lorsqu'ils y seraient ils se retourneraient vers leur enfance comme vers un paradis perdu.

Tout y était resté en l'état : les canapés repoussés sur les bords pour laisser place aux chaises pliantes dont un certain nombre gisaient sur le sol, le piano luisant sur l'estrade tel un astre noir, le buffet d'appoint vers lequel j'ai entraîné mon musicien.

Avec le fond de plusieurs bouteilles de champagne, j'ai rempli deux coupes qui pouvaient bien avoir servi – à la guerre comme à la guerre –, puis je lui ai tendu la sienne. Ses yeux avaient la couleur ambre et miel de la pulpe de raisin. Il a heurté sa coupe à la mienne et il a lancé.

— Merde à Roxelane !

Avant de la vider cul sec.

Roxelane ?

Mais voici que la douleur embrume à nouveau son regard. Avec un cri de rage, il lance sa coupe contre le mur où elle se brise en mille morceaux. Voilà qu'il s'empare de ma main et, à son tour, ordonne :

— Viens !

Il m'entraîne vers l'estrade, s'installe au piano, vérifie que je suis bien derrière lui.

— Reste !

Pour l'en assurer, le rassurer, je pose mes mains sur ses épaules, sans serrer, un frôlement comme ces baisers que les enfants appellent des « ailes de papillon ».

Ses doigts courent sur le clavier. Je reconnais *Le Voyage d'hiver* de Schubert, et le lied qu'il chante à voix basse s'appelle *Rêve de printemps*.

> Je rêvais d'amour pour l'amour,
> d'une belle jeune fille,
> de cœurs et de baisers,
> de plaisir et de ravissements.

Ses larmes coulent à nouveau. Alors je l'entoure de mes bras et je berce sur ma poitrine l'enfant blessé.

Chapitre 4

— Mais qu'est-ce qui t'arrive ? Tu es malade ?
Le visage de Paul, tout en rides et en poches, touche presque le mien. Son regard inquisiteur ajoute au désastre.
— Au cas où ça t'intéresserait, il est dix heures !
Dix heures ? Je me redresse sur mes oreillers, incrédule. Pour un réveil aussi tardif, il me faut remonter aux bals de ma vie de jeune fille. Sitôt mariée, sitôt mère, j'ai pris l'habitude de me coucher comme les marmottes et de me lever avec les oiseaux : un sommeil de bébé. Paul, lui, veille jusqu'à pas d'heure et a les nuits agitées de celui qui n'a pas la conscience tranquille. Si vous ajoutez qu'il ronfle comme un vieux poêle à bois et qu'un nombre incalculable d'années de mariage ont émoussé l'intérêt de partager la même couche, vous comprendrez que nous fassions désormais chambre à part.
D'un pas militaire, il traverse la chambre, écartèle les rideaux, ouvre la fenêtre à deux battants. En même temps que le soleil, le triste remue-ménage d'un lendemain de fête s'engouffre dans les lieux : gravier écrasé, ordres brefs, même un rire.
— Tu me crois maintenant ?
Je referme vite les yeux.
— Non.
L'inquisiteur revient vers moi.

– En attendant, tu ne m'as toujours pas répondu. Alors ?

– Mais alors quoi ? Rien ! Juste une panne d'oreiller.

Rien... une panne... Ces deux mots, prononcés en toute innocence, réactivent ma mémoire engourdie. Ciel !

Je rouvre les yeux. Paul est toujours là.

– Je me permettrai seulement de te rappeler que nous sommes attendus pour déjeuner chez les Saint-André et que nous avons une bonne heure de route. À tout de suite.

Il disparaît. Je me laisse couler dans la nuit tiède de ma couette pour un examen de conscience.

Contrairement à de nombreuses petites filles, je n'ai jamais envisagé d'épouser mon père. À quoi bon ? Enfant unique, une mère partie trop tôt, j'étais sans rivale dans son cœur, hormis ce vieux rêve qu'il caressait d'écrire mais qui se refusait à lui, alors qu'il n'aurait certainement pas été plus mauvais qu'un autre. Paul a donc bien été mon premier et unique amour.

Je n'avais pas dix-huit ans lorsqu'un coup de foudre réciproque nous frappa dans les flonflons de la fête du Fleuve, une fin de juin torride où menaçait l'orage.

Il était beau, gai et entreprenant. J'avais également quelques atouts, dont une totale innocence qui attira le prédateur. Les jeunes filles n'étant pas, à l'époque, autorisées à des essais avant le mariage, quelques mois plus tard nous nous jurions fidélité au son de l'*Ave Maria* de Schubert.

J'ai donc tout découvert du sexe dans les bras de mon mari et il a su me rendre heureuse même s'il m'arrivait de regretter que les choses fussent un peu rapides. Il ne m'aurait pas déplu qu'il s'attarde sur certaines zones sensibles, mais on ne se refait pas, et Paul a toujours été du genre expéditif.

L'aurais-je épousé si j'avais eu des points de comparaison ? Il m'arrive de me le demander. Question que je repousse aussitôt car, en dehors du fait que l'on peut toujours plus mal tomber, répondre par la négative serait renier deux enfants tendrement aimés.

Mais je m'égare. Poursuivons l'examen. Aurais-je dû échafauder des plans d'enfer pour aider mon mari à tenir la promesse faite en échangeant nos anneaux ? Inutile de se voiler la face : garder vif durant quarante ans (noces de rubis) le désir d'un homme est mission impossible. D'autant que les recettes si avisées offertes par les magazines féminins pour entretenir le feu n'existent que depuis quelques années. Et franchement, je me vois mal aujourd'hui, dans l'espoir vain de regagner l'inconstant, lui faire la surprise de l'attendre vêtue d'un simple string de dentelle noire, ongles assortis et cravache au poing. Le pauvre homme risquerait d'en mourir, de rire ou « pour de vrai », comme disent les enfants. Je me contente donc, en bonne épouse, lorsqu'il lui arrive de frapper nuitamment à ma porte (coup de blues ? remords ? je ne sais quel besoin de se rassurer sur lui-même), de lui ouvrir grand mes bras, d'autant que c'est à peine si je le sens passer.

Ma conscience blanchie, j'ai sauté du lit et suis allée ouvrir le tiroir du secrétaire où j'avais rangé le dossier concernant le groupe de musiciens engagés pour notre fête.

Une courte bio, accompagnée d'une photo, résumait le parcours de chacun. Découvrir le visage et le nom du pianiste, Florian, Florian Delorme comme un souffle d'air frais, comme boire enfin alors que l'on ignorait être assoiffé, comme une brusque lumière qui à la fois vous blesse et vous éblouit – m'a confirmé que je n'avais pas rêvé. La date de naissance m'a révélé l'âge de l'artiste : trente ans. Trente ans ? Je lui en aurais donné dix de moins.

C'est moi qui, cette fois, ai couru à la fenêtre. Autour de la tente affalée sur le gravier, telle la voile d'un bateau privé de vent, une petite troupe s'affairait, ignorant la douceur des moments perdus. Ma balancelle était en souffrance sous le gros tilleul. Le portail de la salle de musique était fermé.

Combien de temps Florian avait-il joué, et parfois chanté de cette voix tantôt de soie, tantôt de braise, qui dit la jeunesse, l'eau claire et le feu ? Il était près de quatre heures lorsque je l'avais conduit, titubant, vers l'un des canapés avant de regagner la maison.

Et s'il y était encore ? Si quelqu'un, le découvrant, le jetait dehors comme un vagabond ?

En un éclair, j'ai troqué mon T-shirt contre un survêtement et sauté dans mes baskets. Dégringolant l'escalier, j'ai aperçu dans le bureau contigu au salon le père et le fils en pleine discussion. J'ai dit merde à Antonin et à Madeleine dans leur cadre de faux or, dévalé les marches du perron, traversé la cour, suivie par de respectueux « Bonjour, madame » qui me semblaient s'adresser à une autre et je me suis élancée dans les allées pour mon footing matinal. Ainsi ai-je atteint sans encombre la porte arrière des anciennes écuries.

Tout avait été remis en ordre. Il ne restait plus, rôdant autour du piano fermé et des chaises repliées, entassées les unes sur les autres comme des pantins désarticulés, que le silence glacé d'un rêve brisé.

Mon cœur s'est serré : oui, rien qu'un rêve.

L'écho d'une douce explosion, celle de la première fusée d'un feu d'artifice, a retenti dans ma tête.

N'était-ce pas là que se trouvait le buffet ? N'était-ce pas à cette place que nous nous trouvions, Florian et moi, lorsqu'il avait heurté sa coupe à la mienne avant de la projeter contre le mur ? Et de me dire « Viens », et de me supplier « Reste », et d'appuyer sa tête sur ma poitrine en chantant la douleur d'aimer, la douceur d'espérer ?

Au pied du mur, dans les replis du sol, j'ai recueilli au bout de mon doigt quelques éclats de cristal, une fine poussière d'étoile.

Chapitre 5

Au château d'Aleirac, près de Barsac, c'est « le nectar des dieux » que l'on cultive : le sauternes. Chaque hectare de vignoble produisant rarement plus d'un millier de bouteilles de la précieuse liqueur, le domaine de nos amis est beaucoup plus étendu que le nôtre.

Celle qui porte aujourd'hui le titre de comtesse s'appelait plus simplement Guillemette Lemèsle, pour moi Guillou, lorsque nous usions ensemble le fond de nos culottes Petit Bateau sur les bancs de l'école. Et si le sauternes est pour beaucoup le prince des vins, Guillou continue, au même âge que le mien, à régner sur les cœurs et ne se prive pas de s'accorder ce qu'elle appelle, au regard de l'âge de son troisième époux, Augustin, des « petits dédommagements » sur lesquels celui-ci ferme prudemment les yeux pour ne pas passer à la trappe comme ses prédécesseurs.

Mon amie d'enfance n'a toujours pas accepté que je n'aie eu qu'un seul homme dans ma vie, tout comme, à l'école, elle ne comprenait pas mon refus de taxer les barres chocolatées des copains en échange d'un baiser qui ne coûtait rien. J'ai beau lui expliquer qu'hormis ces jours où les chatteries du soleil, un bon vin, une poussée d'hormones précipiteraient votre corps soudain embrasé dans les bras du premier venu, c'est sans regret. Elle ne veut rien entendre.

– Allons, ma vieille, ne me dis pas qu'un petit coup par-ci par-là ne te ferait pas du bien ! Et sans porter à conséquence.

Conséquence... le mot est lâché. Ce mot qui rime avec le plus vilain du dictionnaire (après Schtroumpf) : concupiscence. Cet énervement des sens qui a inspiré à mon parrain d'adoption tant d'admirables pages où l'âme s'étripe avec le corps.

Eh bien justement, chère Guillou, la peur des conséquences fatales pour ma famille, ajoutée à une éducation chez les bonnes sœurs ont donné à mon âme une franche victoire sur la chair. Et, outre que « faire du bien » a pour moi une connotation moins perso, tes « petits coups » ne m'intéressent pas, je vise plus haut : la perdition totale ou rien.

Nous étions une vingtaine autour de la table de la salle à manger où, sur la nappe damassée, le cristal et le vermeil semblaient avoir chapardé des éclats de soleil. Par la fente des volets, tirés sur la touffeur de l'été, montait un sourd bourdonnement, comme une démangeaison du ciel, qui vous faisait rêver d'orage.

J'ai peu participé à la conversation, d'ailleurs franchement barbante, où il n'a été question que de thune. Voici qu'une nouvelle question tarabustait ma conscience.

Durant le trajet qui nous menait au château de nos amis, alors que Paul, constatant que j'avais peine à garder les yeux ouverts, avait repris son lassant interrogatoire – « Mais enfin, qu'est-ce que tu as fichu cette nuit pour être ainsi dans les vapes ? » – je lui avais tu ma brève rencontre sur la balancelle.

Je n'ai jamais eu de secrets pour mon mari. Excepté, bien entendu, les vraiment importants, ceux que l'on s'engage à garder en jurant sur la tête des personnes qui vous sont chères.

Pour quelle raison ne lui avais-je pas parlé de mon innocent tête-à-tête avec un jeune homme menacé d'impuissance par une garce, et que je ne reverrais plus ? Aurais-je dû refuser de lui tendre la main, de lui apporter un peu de chaleur dans sa détresse ? Enfin, y avait-il quoi que ce soit de répréhensible à avoir arrêté les aiguilles de ma montre (Carrie) à deux heures du matin, l'heure d'un fabuleux et inoubliable cadeau du destin ?

Je ne me comprenais plus.

Après le café, abandonnant les autres invités à leurs minuscules préoccupations, je suis sortie discrètement sur la terrasse et me suis effondrée sur une chaise longue protégée par un grand parasol.

Les cigales se la jouaient langoureux, l'arôme de la vigne proche se mêlait à celui d'un étrange chagrin en forme d'absence. Je déchiffrais les petites notes de musique formées par les aiguilles d'un pin sur la toile blanche de mon abri quand Guillou m'a rejointe. Elle m'a tendu son cigarillo.

– Une taffe ?
– Et comment !

J'ai aspiré une bouffée parfumée à la poudre d'escampette, avant de lui rendre son péché mignon. Ainsi que Paul me l'avait si justement fait remarquer, j'étais déjà assez dans les vapes comme ça.

– Je vois que toi, c'est toujours la débauche, a-t-elle ri. Une seule prise, et surtout n'avalons pas.

Je n'ai pas jugé utile de répondre. Toute comtesse qu'elle est, Guillou peut se montrer franchement lourde. Elle a tiré une chaise longue contre la mienne et m'a regardée d'un œil intrigué. Aurait-elle flairé quelque chose ? Nul ne me connaît aussi bien que mon amie de cœur.

– Du neuf ? a-t-elle demandé avec appétit.
– Oui, ai-je répondu sans hésiter. Aliénor arrive dans trois jours avec ses jumeaux. Elle passera l'été avec nous.
– Ciel, quelle nouvelle ! a soupiré Guillou, ignorant de quoi elle parlait.

Ce n'est pas mon amie qui s'aventurerait du côté des étoiles. De plus, elle n'a jamais été mère dans le sens noble du terme. Une erreur d'horlogerie lui ayant valu un fils de son premier mari, elle lui en a laissé la garde lorsqu'elle a épousé le second et n'a toujours pas accepté qu'il l'ait rendue grand-mère. Gonzague a heureusement trouvé du réconfort auprès de sa belle-famille.

En revanche, Guillou a accepté avec joie d'être la marraine d'Enguerrand : moins compromettant.

— Il serait temps de te décider, ma Thé, a-t-elle insisté.

— Me lâcheras-tu un jour les baskets ?

— Quand tu n'auras plus que tes yeux pour pleurer. Deux gros yeux comme des huîtres dans la coquille des doubles foyers.

Soudain, un regard mordoré a plongé dans le mien, une voix a ordonné « Viens », une vague m'a emportée et je me suis entendue demander, comme de très loin :

— Roxelane, ça te dit quelque chose ?

— Roxelane ? Bien entendu. Il n'y en a qu'une à Bordeaux. Et qui mérite bien son nom.

— Un drôle de nom, tu avoueras.

— Pas plus qu'Aliénor.

— La femme du roi de France.

— Et Roxelane, l'épouse de Soliman le Magnifique.

— Elle est mariée ?

— Pas à ma connaissance. D'ailleurs, ce n'est pas le genre.

— Et c'est quoi, le genre ?

— Une battante, une ambitieuse à qui rien ne résiste. Bref, une gamine d'aujourd'hui.

La vague a reflué. J'ai vite posé la main sur mon cœur, là où s'était appuyée la tête d'un jeune homme en pleurs, et la chaleur d'un de ces éclairs qui précèdent la foudre m'a traversée.

— Quel âge, la gamine ?

— Comment veux-tu que je le sache ? La trentaine, je suppose. C'est un interrogatoire ?

— Exactement. J'ai entendu parler de son bateau de croisière et il se trouve que je cherche des distractions pour Aliénor.

Voilà que, sans éprouver le moindre remords, j'utilisais ma fille pour mentir à ma meilleure amie. Bravo !

— Tu me donnes ta date et je m'en occupe. Il paraît que le *Roxelane* — le nom de son bateau — est surbooké. Ça t'ennuierait si Augustin et moi, on se joignait au voyage ?

— Ah, ah ! et de quel voyage s'agit-il ? a demandé la voix avinée de Paul apparaissant au bras d'Augustin, en aussi déplorable état que lui.

Ils se sont posés à nos pieds, tels deux gros hannetons à la recherche d'herbe fraîche. Derrière les étoiles, la mer s'est retirée.

Chapitre 6

Six heures sonnaient lorsque nous avons remonté l'allée menant à notre domaine. Quelques cris d'oiseaux traversaient le silence tels des regrets. Les fenêtres du salon étaient obscures, le gravier ratissé, la pelouse nette. Une fête avait-elle réellement eu lieu ici hier ? Seul un cercle plus clair sur l'herbe, comme la brûlure d'un ovni, là où la tente avait été déployée, témoignait de l'extraordinaire.

– Je suppose que ma marmotte va se coucher avec les marmots, a remarqué Paul sans finesse. Si tu n'y vois pas d'inconvénient, je ferai un petit saut à mon cercle après le dîner.

Le cercle de Paul, à Bordeaux, a fermé ses portes depuis longtemps. Ignorant qu'une âme charitable s'est chargée de m'en avertir, il s'en sert comme couverture. L'ancien était interdit aux femmes, le nouveau, dont il est le seul membre masculin, n'est ouvert qu'à celles-ci. L'adresse fluctue au gré de ses rencontres. Lorsqu'il fait « peau neuve », si je peux m'exprimer ainsi, j'en suis avertie par ce qui tombe dans ma cassette. Cadeau de bienvenue (le plus beau), cadeau d'entretien (à porter tous les jours), cadeau d'adieu, carrément nul, je suppose, et auquel je n'ai pas droit, représentant, pour employer un mot à la mode, l'élément pérenne du couple.

La récente arrivée de Carrie m'avait été annoncée par quelques messages vocaux ou autres textos sur le portable de Paul, qui passe la moitié de sa journée à le chercher et l'autre à tenter de comprendre comment s'en servir.

Avec son cadeau de bienvenue – la montre –, il avait fait, si j'ose dire, de deux pierres trois coups, mon anniversaire tombant en même temps que celui de la belle. Il n'y a pas de petites économies.

Sous prétexte de mettre sa voiture en situation de repartir dans le bon sens (à défaut de sa conduite), il m'a quasiment jetée devant la maison. Dieu que les hommes sont maladroits à dissimuler ! À peine avais-je à demi tourné le dos que je pouvais l'entendre hurler dans son portable pour annoncer sa visite à « Sex and the City ».

Et, comme un peu tristounette du délabrement de notre union, j'arrive en bas des marches du perron, qui les dégringole et se jette dans mes bras ? Ma Marie-Jeanne en chemise de nuit.

– Alors... cette nuit... chuchote la comploteuse en pointant le doigt vers le ciel.

Et avant que j'aie pu lui répondre, comme tombé du temps, un lourd engin aux chromes étincelants se pose à quelques mètres de nous, un jeune homme en saute, vole vers moi et lance joyeusement :

– Bonjour, madame l'Étoile !

Je demeure pétrifiée tandis qu'il m'examine de haut en bas, apparemment déçu de me trouver en robe et escarpins et non en T-shirt soleil et pieds nus. Alors que j'ai passé la journée à lui faire mes adieux, Florian est là.

Pas surpris pour un sou, mon poète en herbe se contente de constater :

– Super, ta bécane. Tu m'emmèneras faire un tour ?

– Quand tu voudras, où tu voudras, répond Florian, et il semble bien que c'est dans ma direction qu'il regarde.

Forte de la promesse, Marie-Jeanne lui dérobe son casque, le coiffe et court examiner l'ovni de plus près.

À la tendre lumière de cette fin de soirée, les yeux de mon pianiste sont plus dorés, du miel se mêle à ses boucles châtains. De sous son blouson de cuir, il sort un fin paquet plat.

– Pour toi.

– Mais qui c'est, celui-là ?

L'arrivée du hanneton, suant et soufflant, brise net la magie. Je retrouve assez de force pour prendre le paquet et le laisser tomber dans mon sac. Et un filet de voix pour répondre.

– C'est Florian, l'un des musiciens venus hier enchanter notre soirée. Florian, je vous présente mon mari.

– On se tutoie plus ? proteste le visiteur en dardant sur Paul un regard meurtrier.

– Pardon ? demande ce dernier, la main en cornet autour de sa bonne oreille.

Marie-Jeanne revient à temps pour éviter à Florian de se répéter. Elle retire son casque et le lui tend.

– La prochaine fois, tu pourras en apporter un pour moi ? Un plus petit ?

Dans le regard du visiteur, la complicité a remplacé la tristesse. Il tend sa main et la frappe contre celle de ma petite-fille.

– C'est d'accord, mademoiselle l'Étoile.

A-t-il deviné qu'elle avait été l'artisan de notre rencontre ? Me laissant sur cette troublante question, il s'empare de ma main, y presse des lèvres brûlantes, salue fraîchement mon mari, enfourche son engin et disparaît dans un froissement de navette spatiale.

– Ça alors ! s'exclame Paul.

– Supermignon, constate Marie-Jeanne.

– Quelqu'un a-t-il compris ce que venait fiche ici ce hippie ? poursuit mon mari qui ne décolle pas du siècle dernier. À peine poli et même pas rasé. Tu choisis drôlement tes musiciens, ma chérie.

Sans attendre ma réponse, il gravit lourdement les marches du perron. Main dans la main, deux étoiles le suivent.

Arrivé dans le vestibule, il se retourne.

– Pourrons-nous dîner pas trop tard ?

Et là, une fois de plus, Marie-Jeanne va me surprendre lorsqu'elle demandera avec un rien d'insolence :

– Tu vas à ton cercle, grand-père ?

Pour ouvrir mon présent, j'ai attendu que tout le monde soit au lit (y compris Paul dans celui de Carrie). Par la fenêtre de ma chambre large ouverte sur la nuit, j'entendais bruire les corps célestes. Dans le paquet se trouvait *Le Voyage d'hiver* de Schubert, dont fait partie *Le Rêve de printemps*. Une carte l'accompagnait, portant un numéro de téléphone et ces simples mots : « Je t'attends. »

On dit à juste titre de Franz Schubert qu'il est le musicien du ciel. Et chacun sait que les artistes sont les messagers de l'infini.

Au secours, Marie-Jeanne, j'ai seize ans.

Chapitre 7

Ce qu'il y a de remarquable dans la vigne, du moins celle qui mérite le nom de « noble », est qu'elle peut produire du raisin jusqu'à plus de soixante ans.

Les plans les plus anciens bénéficient de l'apport vigoureux de jeunes, qui mêleront leurs fruits aux leurs pour le plus grand bien de la future récolte.

Certes, avec les années, le nombre de grappes portées par le cep aura tendance à diminuer, mais les racines allant puiser leur substance de plus en plus profondément dans les secrets du sol, le nectar n'en sera que plus savoureux.

C'est chez mes grands-parents maternels, à Loupiac, où je passais toutes mes vacances, que j'ai appris à aimer la vigne. Papi Gustave y vivait de quatre hectares de sémillon, oh ! pas ce qu'on appelle un grand cru, mais un vin blanc à la saveur subtile qui se mariait à merveille avec le foie gras, et dont quelques amateurs lui réservaient les bouteilles à l'avance.

Le vignoble dévalait la colline tel un gentil dragon aux replis verts, stoppé aux portes de la maison de pierre sèche coiffée d'ardoise, par une haie de rosiers qui avertiraient si le mildiou, ce champignon ravageur, s'y mettait.

Mon plus grand plaisir, mon insigne honneur était de me promener au côté de mon papi dans le vigoureux petit bois de ceps, qu'il apostrophait en lui donnant le nom de ses clients : « Alors, ça va, Jean-Pierre ? », « Et toi, André, bien dormi cette nuit ? », « Mais qu'est-ce que vous me faites-là, monsieur le baron ? »

La promenade terminée, il prenait sa grosse voix pour s'adresser à moi, « Je suis le loup de Loupiac, voyons comment sera le grain cette année ? », avant de croquer un morceau de ma joue : « Mmmm... fameux à mon avis. »

Avec mamie Jeanne, j'allais tremper mes pieds dans la Garonne toute proche. Elle avait toujours un mouchoir à portée de main pour me cacher ses yeux lorsqu'ils coulaient. Et ils coulaient souvent parce qu'elle savait qu'elle survivrait à sa fille et qu'en me câlinant elle voyait l'orpheline.

À l'enterrement de ma mère, je l'avais entendue dire à mon père, comme s'excusant : « Ce n'est pas dans l'ordre des choses, c'était à moi de partir avant. » Pour ma part, c'est en regardant prospérer un petit arbre de vie tandis que dépérissait mystérieusement son voisin, que j'ai, d'une certaine façon, accepté qu'une longue maladie, dont on ne prononçait pas le nom à l'époque, ait emporté ma mère avant l'âge.

Et c'est à mon papi que je pense en ce brûlant matin de juillet, tandis que je parcours les allées du domaine aux côtés d'Enguerrand et de Joseph, notre Médocain.

Long, maigre, sec comme un pied de vigne en hiver, celui que nous appelons ainsi est le véritable souverain du vignoble, à la fois chef de culture, maître de chai et vinificateur. Il n'a jamais travaillé que pour nous et sa femme, Nano, me seconde à la maison. Nos amis logent sur place.

Pour l'heure – dix heures – avec Enguerrand, qui a ajouté à son diplôme d'école de commerce celui d'œnologue, ils vérifient que la fécondation se fait bien, que la fleur noue, deviendra baie, et je sens sur ma joue la bouche de papi Gustave : « Voyons comment se présente le grain cette année ? »

Superbe. Je le veux !

– Maman, on dirait que l'on te sonne... s'amuse Enguerrand.

Au mur de la maison, la cloche agitée par Paul me rappelle que notre fille débarque cet après-midi de New York avec ses délicieux jumeaux de bientôt cinq ans. Pour fêter ce grand jour, Paul m'invite à déjeuner à Bordeaux, d'où nous prendrons ensuite le chemin vers l'aéroport.

On est d'une ville ou d'un village avant d'être d'un pays. N'appelle-t-on pas son « pays » ou sa « payse » celui qui est né et a grandi sous une même couette de toits ?

Bordeaux, mon précieux pays, est au cœur d'une étoile dont les rayons en bois de chêne s'étendent de Saint-Émilion à Saint-Macaire, de Lesparre à Roquetaillade et, par-delà, irradient dans le monde entier.

Nous avons déjeuné sur les quais, à la terrasse d'un restaurant d'où l'on pouvait assister à la parade des bateaux dans l'arène de la Garonne. Sans me demander mon avis, Paul a commandé deux plats du jour : une lamproie à la bordelaise, c'est-à-dire accompagnée de blancs de poireaux et d'une débauche d'oignon, d'ail, d'échalote et de clous de girofle.

Et voici que soudain – est-ce à cause du lent passage d'un bateau de croisière sur le fleuve ou parce que la lamproie a la sale gueule d'un serpent –, Roxelane s'est imposée à mon souvenir, telle que Guillou l'avait décrite : « une battante à laquelle rien ne résiste ».

Alors que depuis mon réveil je m'interdisais de penser à autre chose qu'au bonheur de revoir ma fille, le douloureux visage de Florian m'est apparu.

« Une gamine d'aujourd'hui », avait ajouté mon amie. Combien de temps faudrait-il à la gamine destructrice pour reprendre le malheureux dans ses filets ?

« Je t'attends. »

Cela faisait déjà trois jours que j'avais reçu le présent de mon pianiste, assorti de la carte portant dix numéros que je m'étais refusée à former. Trois jours de lutte contre moi-même, à l'écoute du *Rêve de printemps*.

« Je t'attends. »

Le cri de l'enfant perdu à sa mère, l'enfant au cœur en bandoulière qui, dans sa candeur, débarque chez vous, s'imaginant que vous allez le suivre dans une nouvelle escapade enchantée.

Pourquoi m'interdisais-je de le rappeler et, pire que mon parrain, ne cessais-je de torturer ma conscience ? En quoi étais-je coupable ? Qu'avais-je fait de mal ?

Ah, si seulement j'avais pu en parler à quelqu'un ! Mais, de toute évidence, cela n'avait pas accroché entre Florian et Paul lors de leur brève rencontre, et Guillou irait tout de suite imaginer je ne sais quoi d'invraisemblable.

– As-tu l'heure ? a demandé Paul en désignant mon poignet.

S'il s'y mettait, lui aussi ! J'ai feint de regarder les aiguilles que je ne m'étais pas résolue à remettre en marche, arrêtées sur un moment inoubliable, et répondu n'importe quoi.

Une idée chassant l'autre, Paul regardait à présent mon assiette.

– Mais tu n'as rien mangé. Tu n'as pas faim ? Ce poisson a pourtant une chair exquise. Et tu as vu ? Pas une arête.

Ouais...

Tout occupé à choisir son dessert, une compote de pruneaux au sauternes – ah, Guillou, si tu savais –, Paul n'a heureusement pas remarqué que ma lamproie repartait intacte sous son linceul de poireaux.

Il a préféré me laisser le volant pour nous rendre à l'aéroport, ne tenant pas à voir s'envoler, lors d'un contrôle d'alcoolémie, ses derniers points sur son permis. Durant le trajet, nous n'avons parlé que d'Aliénor et de notre joie de l'avoir toute à nous durant quelques semaines.

Aliénor... Paul s'était promis, s'il avait un jour une fille, de lui donner le nom de notre célèbre duchesse d'Aquitaine. Loin de lui en vouloir, celle-ci avait prénommé ses jumeaux Jean-Robin (des Bois) et Richard (Cœur de Lion), fils de la souveraine, faux jumeaux, donc aussi différents que les ci-dessus.

Six années auparavant, lorsque son chemin avait croisé celui de Gérard (enfin un nom sans Histoire), elle venait de terminer ses études de droit et s'apprêtait à entrer dans un cabinet d'avocats à Bordeaux. Il y avait belle lurette que les jeunes filles ne jouaient plus à la roulette russe en attendant, pour perdre leur vertu, d'avoir la bague au doigt. Notre fille s'était donc (contrairement à sa mère) autorisé les utiles essais qui lui permettraient de reconnaître, le moment venu, l'homme droit et responsable avec lequel elle pourrait fonder une famille.

Notre gendre, lui, sorti major d'une grande école et pourvu d'un master décroché aux États-Unis, se destinait à la finance.

Mon cœur s'était serré lorsqu'il y a trois ans il avait été embauché comme golden boy par une grande banque new-yorkaise. Renonçant à ses propres ambitions, Aliénor l'avait suivi sans hésiter.

– Crois-tu qu'ils nous reviendront un jour ? ai-je soupiré. Aurons-nous la joie de voir grandir les jumeaux ?

– Écoute, m'a raisonnée Paul en bâillant, regarde plutôt autour de toi tous ces ménages qui tombent en petits morceaux. Au moins pouvons-nous dire que notre fille forme avec son mari un couple exemplaire.

Sur ce, assommé par le vin et la bonne chair, il s'est endormi.

Ainsi est-ce accompagnée par les ronflements de mon vieux poêle à bois que je suis arrivée là où les hommes prennent le ciel sans jamais dépasser les étoiles.

Chapitre 8

« Un couple exemplaire », avait affirmé Paul.

Comme on connaît mal ceux qui vous sont le plus proches ! Et comment pourrions-nous bien les connaître alors que la proche des proches, notre propre personne, reste si souvent un mystère pour nous, ainsi que n'a cessé de le déplorer mon parrain dans son œuvre.

Écartelé entre bons et mauvais instincts dont le sexe et la thune tiennent les rênes, tiré vers le haut par une incompréhensible soif de pureté, précipité vers le bas par une naturelle concupiscence, rapace par peur de manquer, généreux par inconscience ou intérêt, un jour blanc, un jour noir, oui, l'homme est un inconnu pour lui-même. Comme il n'existe que par le regard bienveillant de l'autre, il ne se sent jamais vu et aimé comme il le voudrait. Et, croyez-moi, s'il pouvait entendre ce qui se dit autour de son cercueil, sa solitude serait plus profonde encore.

Bref, voyant s'avancer vers nous, radieuse, notre Aliénor précédée de ses jumeaux qui faisaient la course avec des Caddies pleins à ras bord, au risque de faire passer de vie à trépas les malheureux seniors se trouvant sur leur passage, comment aurions-nous pu nous douter de l'accablante nouvelle qu'elle s'apprêtait à nous annoncer ?

Durant le trajet jusqu'à la maison, les garçons, peu habitués aux charmantes routelettes françaises et à la conduite de leur grand-père, n'ont cessé de rendre à dame Nature tout ce qu'ils avaient engouffré dans l'avion, aussi sommes-nous restés dans une bienheureuse ignorance, que confortait Aliénor en s'enquerrant de tout et de tous avec une affection qui nous allait droit au cœur.

Dès leur arrivée, Nano, la femme du Médocain, a pris les jumeaux en charge, secondée par Merlin, tout heureux de jouer les grands cousins du haut de ses huit ans. Un dîner de fête a réuni la famille, où nous nous sommes régalés d'un lapin de garenne, farci de son propre foie, flambé au vin du domaine, plat préféré de la fille prodigue, mais peu apprécié par Marie-Jeanne à qui cet animal vient raconter des histoires la nuit.

Il a fallu attendre que sonnent dix heures pour nous retrouver seuls, Paul et moi, avec notre fille.

– Un petit godet de sauternes sur la terrasse ? a-t-elle proposé.

La nuit était tendre, nous nous sommes installés dans les confortables fauteuils d'osier et Paul a fait le service. Avant de boire, Aliénor a levé son verre vers le ciel, comme en appelant aux étoiles, et elle a déclaré avec flamme :

– *Home*, enfin !

Paul et moi avons échangé un regard heureux, conscients d'être privilégiés à une époque où les enfants considèrent comme la pire des corvées de séjourner chez des parents qui tentent péniblement de maintenir quelques règles de vie.

Les beaux yeux verts de notre fille sont revenus vers nous.

– Pourquoi m'avoir appelée Aliénor ? a-t-elle demandé avec un gros soupir.

C'était bien la première fois qu'elle se plaignait de son illustre prénom et nous en sommes restés sans voix.

– Finalement, tout ça, c'est de votre faute, a-t-elle ajouté.

– Tout ça quoi, ma chérie ? avons-nous demandé en chœur.

— Si j'ai été obligée de mettre le couteau sous la gorge de Gérard.

— Peux-tu répéter ? a demandé Paul, la main en cornet autour de sa mauvaise oreille, dans l'espoir de continuer à mal entendre.

— New York ou moi, a résumé Aliénor plus fort.

Un cri instinctif m'a échappé.

— Tu n'aimes plus ton mari ?

— Mais bien sûr que si, maman ! Sinon il y a belle lurette que je l'aurais quitté.

— Alors... t'au... t'aurait-il... ? ai-je bégayé, ne pouvant m'empêcher de regarder dans la direction de son père.

— Me tromper, Gérard ? Jamais de la vie ! s'est indignée Aliénor en jetant un regard noir dans la même direction que moi. Il a trop le sens des responsabilités pour ça.

Alors elle ? Un petit coup par-ci par-là, comme me le conseillait Guillou ? Ou mieux, un homme moins rassis que le sien, à la fois tendre et fougueux, plus inventif, en un mot plus jeune ?

— Arrête, maman ! Je vois bien à quoi tu penses. C'est non, a tranché ma fille.

Elle a vidé son verre et l'a tendu à Paul, qui l'a resservie d'une main tremblante.

— Bref, ça ne pouvait pas durer, a-t-elle conclu.

Comme c'est compliqué, un couple. On s'épouse en toute connaissance de cause, on a deux adorables garçons, une vie dorée d'où l'ennui est absent. On s'aime comme au premier jour.

Et pourtant...

Aliénor s'est enfin expliquée. La banque où travaillait son mari était si satisfaite de lui qu'elle souhaitait le garder. À cet effet, elle lui avait proposé de prendre la nationalité américaine. De son côté, Gérard était passionné par son travail. Il gagnait un monceau de dollars. Nous avions pu, à Noël dernier, admirer leur somptueux appartement. Les jumeaux étaient très populaires dans leur école, Aliénor reçue partout telle la souveraine qu'elle était.

C'est là que nous entrions en jeu.

Elle a esquissé un large geste, en appelant cette fois à notre bonne terre girondine.

— Il ne fallait pas me donner le nom de la fille du duc d'Aquitaine, faire sonner les cloches de Bordeaux pour mon baptême, m'élever sous un vrai toit, les pieds dans la vigne, la tête pleine de couleurs et d'odeurs, avec de vrais repas pris tous ensemble autour d'une table, des serviettes en tissu, des ronds de serviette, des couverts en argent, des assiettes à devinette, des verres tulipes, du pain qui croustille et des conversations. Je ne veux pas que mes enfants grandissent au vingt-huitième étage d'un truc en verre, qu'ils se goinfrent de hot dogs et de popcorn devant la télé entre deux jeux électroniques, écouteurs sur les oreilles et portables à portée de main. Je veux un mari qui vive autrement que les yeux scotchés à son ordinateur et les doigts sur sa calculette, un agenda avec des blancs, qu'on arrête tous un peu de courir, je veux...

Un cri du cœur m'a échappé.

— Des moments perdus !

Et alors que deux paires d'yeux stupéfaits se tournent vers moi, comme soulignant mes mots, le téléphone se met à chanter sur la table de jardin.

Paul fronce les sourcils : appelle-t-on à une heure pareille ?

— Si c'est Gérard, je dors, souffle Aliénor.

Je me sacrifie.

— Allô ?

— Trois jours ! clame une voix désolée. Trois jours que j'attends ton appel. Tu n'as pas lu ma carte ?

Mon cœur s'arrête. Je me lève telle une automate et, sous le regard interrogateur de ma fille et de son père, je me dirige vers la porte-fenêtre.

— Pouvez-vous patienter une minute, monsieur. Je vais chercher mon agenda.

— Monsieur ? Tu m'appelles « Monsieur » maintenant ?

Je rentre précipitamment dans le salon, le traverse d'un trait, arrive dans le vestibule, tombe sur un siège, me tourne vers le mur et chuchote :

– Écoute, Florian. Ma fille vient d'arriver des États-Unis avec une très mauvaise nouvelle, et...

Un cri de joie m'interrompt. « Tu n'es pas seule, je comprends ! Pardonne-moi, l'Étoile. C'est moi qui vais parler. Tu réponds par oui ou par non, OK ? »

– OK, dis-je au mur.

– Il faut que je te voie tout de suite. Moi aussi, j'ai une nouvelle à t'annoncer. Une bonne. Demain, ça te va ?

– C'est que...

– On a dit « par oui ou par non ». Cinq heures place du Parlement, près de la fontaine, c'est bon ?

– Mais...

– Pas de « mais ». J'y serai. T'oublies pas.

Un déclic. Il a raccroché.

Comme c'est compliqué, un cœur ! D'un seul coup, je me fous de tout.

Chapitre 9

La place du Parlement se préparait déjà à fêter le 14 Juillet : dans trois jours. Des guirlandes couraient le long des terrasses de cafés qui faisaient le plein en cette fin d'après-midi, sous le regard des hautes fenêtres ornées de mascarons, témoins de pierre, sérieux ou rieurs, évoquant le vin, qui m'avaient accompagnée sur les chemins de mon enfance.

Alors que la chaleur commençait à céder, les grandes dalles de calcaire doré semblaient chercher à retenir le soleil et, si vous fermiez les yeux, vous entendiez un bruit de plage, rumeur bleue parfois percée d'un cri d'enfant.

La vague m'avait poussée jusqu'à cette fontaine et voilà que soudain elle se retirait. Que faisais-je ici ?

Quelle folle histoire s'était racontée la grand-mère alors qu'enfermée dans sa chambre, le cœur battant, elle hésitait longuement sur la tenue à revêtir, optant finalement pour un pantalon de toile blanche, une chemisette colorée et des espadrilles, plutôt que pour le sage tailleur et les escarpins qu'elle portait habituellement en ville ?

À quoi rêvait-elle en s'évadant par la petite porte de sa propre maison, où nul ne la retenait prisonnière, ne respirant qu'à l'abri de sa « brouette », nom donné à l'antique voiture à elle seule réservée ?

« Une grande nouvelle », m'avait annoncé Florian.

Quelle chimère m'avait aveuglée pour que je ne la devine que maintenant, sa réconciliation avec Roxelane ?

Rentrer chez moi ?

Il est apparu.

Il venait de la rue Saint-Rémi et il n'était pas seul. Une fille et un garçon l'accompagnaient. La fille portait un étui à violon, du sac à dos du garçon dépassait une flûte, Florian avait les mains vides. Tous trois habillés de l'uniforme jean et baskets.

Florian s'est dressé sur la pointe des pieds, il m'a vue près de la fontaine et il a décollé.

– Tu es là !

Le regard émerveillé d'un enfant, l'orgueil d'un homme. Une femme venue pour lui, se soumettant à son appel.

Ses amis nous ont rejoints. J'ai reconnu deux des musiciens engagés pour notre fête. Sylviane, la violoniste, m'a tendu la main avec un sourire.

– Bonjour, madame.

Je ne me souvenais pas du nom du flûtiste ; lui s'est contenté d'incliner la tête.

Que savaient-ils de moi ? De Florian et moi ? Que leur avait-il raconté ? Mais rien, puisqu'il n'y avait rien. Alors pourquoi cette gêne ? Ce sentiment d'être prise en flagrant délit. Quel délit ?

– Eh bien, salut, on te laisse ! a dit le garçon.

Et ils sont partis sans se retourner, surfeurs légers sur les vagues de leur jeunesse.

– On y va, a ordonné Florian.

J'avais pensé qu'il m'emmènerait dans l'un des nombreux cafés à étudiants d'une rue avoisinante. Dans le bruit et la fumée, il m'annoncerait sans attendre sa grande nouvelle. Je m'en réjouirais avec lui. Puis je lui parlerais d'Aliénor et de sa mauvaise nouvelle à elle. J'en profiterais pour lui décrire ma nombreuse famille. Peut-être lui raconterais-je comment Marie-Jeanne m'avait, innocemment, envoyée à sa rencontre, lui confierais-je qu'elle le trouvait « supermignon ».

Nous ririons ensemble. J'avais même prévu que j'insisterais pour payer nos consommations : « le privilège de l'âge », dirais-je.

Ou peut-être préférerait-il marcher, me présenter « son » Bordeaux, car chacun a le sien, celui de l'enfance, tissé des odeurs, des bruits et des couleurs qui ont marqué un cœur neuf d'une empreinte qui ne s'effacera jamais – n'est-ce pas, Aliénor ? Finalement, c'est la promenade qui me conviendrait le mieux. Je la voyais en bord de fleuve, près du pont de Pierre dont on a parfois l'impression, surtout la nuit lorsque les lampadaires sont allumés, qu'il vous emmène vers l'improbable, comme cette nuit-là. Car, quoi qu'il advienne, « cette nuit-là », de chagrin, de musique et de cristal, où j'étais passée derrière les étoiles, resterait gravée en moi.

J'avais imaginé toutes sortes de scénarios, sauf celui où Florian ordonnerait « On y va », prendrait ma main, m'entraînerait à quelques mètres seulement de la plage bruissante, pousserait le porche d'une maison, franchirait les marches d'un escalier de bois, jusqu'au dernier étage et m'ouvrirait la porte de son appartement.

C'était une vaste pièce habitée par la musique. Autour du piano ouvert, un parterre de partitions, disques et cassettes. Au mur, entre des affiches de concerts, un grand miroir au cadre doré.

– Quand mes vieux se sont cassés, chacun de leur côté, mon paternel à Paris, maman en Italie, ils m'ont laissé l'appart comme lot de consolation, a-t-il expliqué. À part ça, mon père est ce qu'on appelle un « ténor » du barreau et maman une authentique soprano, pas aussi célèbre qu'elle le voudrait. Elle a décroché un contrat à la Scala qui va peut-être arranger ça.

Il a ri, puis il m'a menée jusqu'au miroir auquel il m'a présentée.

– Regarde, camarade. N'est-ce pas qu'elle est belle ?
J'ai vu une femme. Une femme encore...
Encore mince, encore belle, sans doute, encore assez stupide pour sentir dans sa poitrine son cœur faire l'imbécile, et je ne sais quelle attente dessécher ses lèvres.

Et à côté de cette femme, j'ai vu un long jeune homme au visage caché par une barbe naissante, à la bouche charnue que beaucoup ont aujourd'hui, comme d'avoir trop longtemps sucé leur doudou, un enfant aux boucles soyeuses. Qui peut-être avait refusé de grandir.

Il a demandé :
– Tu veux boire ?
– Oui.

Il a applaudi.
– Enfin, l'Étoile a parlé. Et quel beau mot : « oui ».

D'un geste autoritaire, il a désigné, contre le mur, un amoncellement de coussins.
– Tu m'attends là. Et tu ne te sauves pas, surtout.

Mis à part le tabouret devant le piano, il n'y avait pas de siège dans la salle de musique, aussi ai-je obéi, pensant que c'était sans doute réfugié dans ce nid que Florian dormait.

Par les fenêtres ouvertes, on pouvait entendre bruire la plage et, en fermant les yeux, mugir la mer comme dans le creux d'un coquillage appliqué à son oreille.
– Pamplemousse-vodka ?

Florian est tombé souplement sur les coussins et il m'a tendu un verre qui sentait davantage l'alcool que le fruit et dont la tulipe a glacé ma main. J'ai dit connement, il n'y a pas d'autre mot :
– Tu veux me saouler ?
– C'est clair, est-il convenu, et là j'ai ri parce que Marie-Jeanne aurait répondu de cette même voix faussement sérieuse.

À nouveau, il s'est tourné vers le miroir.
– Tu as vu, camarade ? Maintenant, elle rit.

Il a heurté son verre au mien.
– À Monsieur du Tilleul.

Monsieur du Tilleul... camarade-miroir... je crois qu'il était un peu fou, comme le sont les arpenteurs du temps et autres musiciens et poètes. Après avoir bu une gorgée de boisson parfumée, j'ai demandé.
– Pourquoi « Monsieur du Tilleul » ?

– Ne me dis pas que tu n'as pas remarqué, s'est-il offusqué. Dans *Le Voyage d'hiver*, un lied porte son nom. Le poète l'avait écrit pour nous.

Il a approché son visage du mien et il a fredonné :

> J'ai taillé dans son écorce
> tant de mots d'amour.

La vague est remontée, si violente que mes tempes ont battu. Pour me défendre encore un peu, j'ai dit :
– Alors, tu chantes aussi ?
– J'ai appris avant d'être né, dans le ventre de ma mère. Elle m'emmenait à ses concerts, caché sous sa jupe. Plus tard, je me suis mis au piano pour continuer à l'accompagner mais ça n'a pas collé. Elle m'en a préféré un autre ; je ne devais pas être à la hauteur.

Je ne sais pas pourquoi : la douleur à nouveau présente dans sa voix, la vodka qui enflammait ma gorge, parce que je l'aimais, j'ai tendu la main vers sa joue et je l'ai caressée, de la tempe qui palpitait au bord des lèvres, et c'est lui qui a fermé les yeux.

Puis, d'un bond de faon, il a sauté sur ses pieds.
– Viens !

Comme cette nuit-là.

Comme cette nuit-là, il m'a menée au piano et il s'est retourné pour s'assurer que j'étais bien derrière lui.
– Tes mains !

J'ai posé mes mains sur ses épaules, il a appuyé sa tête contre ma poitrine et, tout en laissant courir ses doigts sur le clavier, il m'a annoncé sa grande nouvelle.

Roxelane l'avait appelé. Elle voulait renouer. Elle lui avait même demandé pardon.
– Je lui ai répondu que, sous le tilleul de Schubert, j'avais rencontré une femme et qu'avec elle, c'était fini.

Il a plaqué un accord triomphant, il s'est levé et m'a fait face. Sans me toucher, il a posé ses lèvres sur les miennes, très légèrement, un frôlement de soie.

Je n'ai pas bougé.

Il a écarté son visage, il m'a privée de lui, il a plongé ses yeux dans les miens, dans mon désir, et il est revenu, ouvrant cette fois mes lèvres, les pénétrant peu à peu, sans hâte, savamment, puis jouant tandis que je commençais à mourir.

Je ne savais pas qu'on pouvait faire l'amour ainsi, les bras le long du corps, rien qu'en s'embrassant. J'ignorais que j'avais si faim.

Et puis très loin, très banalement, mon portable a sonné et je suis retombée sur terre. Il a dit : « N'y va pas. » J'y suis allée. Le nom d'une reine s'inscrivait sur l'écran. Il a supplié : « Reste. » J'ai couru vers la porte.

Alors il a seulement constaté : « Tu reviendras. »

Je me suis enfuie.

Chapitre 10

– Enfin, la voilà !
– Mais où étais-tu passée ?
– Tu aurais au moins pu laisser ton portable ouvert.
– On commençait à se demander si tu ne t'étais pas fait enlever.

La famille au grand complet se trouve dans le salon, y compris mes quatre petits-enfants et la fidèle Nano. Des applaudissements m'ont accueillie.

Je bredouille :
– Si on ne peut même plus aller faire un tour tranquille.
– Et un tour où ?
– Un petit coucou à ton parrain ?
– Une petite halte chez les Chartrons ?
– Un lèche-vitrine avec Guillou ?

Un rire court le long de la chaîne familiale. Oui, « la chaîne », c'est bien ça !

Paul en rajoute en me faisant signe de venir m'asseoir près de lui sur le canapé et en enfermant mes épaules dans ses bras. Il n'y aura pas d'autre question. Je n'aurai même pas besoin de sortir le mensonge préparé en chemin : l'appel à l'aide d'une vieille dame à qui il m'arrive de rendre visite dans sa maison de retraite. Qui, parmi la dizaine de personnes présentes, pourrait imaginer une seule seconde, le temps d'un clignement d'étoile, qu'il y a à peine une heure les lèvres d'un homme plus jeune que mon fils m'emmenaient au paradis ? Je suis au-dessus de tout soupçon.

« Tu reviendras. »

– Maman, un peu de champagne ?

Enguerrand me tend une coupe pleine. Je remarque seulement le buffet improvisé autour duquel se pressent les petits. Profusion de gâteaux salés et autres zakouskis : soirée apéritif réservée aux grandes occasions.

– Mais qu'est-ce qu'on fête ?

Tous les visages se tournent vers Aliénor, qui arbore un sourire radieux. Un instant, j'imagine que Gérard a appelé. Il a choisi de rentrer au pays.

Erreur ! Aliénor désigne son père.

– On fête un supercadeau de papa. Trois jours à Capbaleine.

Capbaleine... ainsi nos enfants avaient-ils rebaptisé Capbreton, la petite ville portuaire, entre Hossegor et Biarritz, où nous passions une partie des vacances. Entre pâtés et châteaux-forts, sur la plage de sable fin, ils vivaient dans le fol espoir de voir passer au large l'un de ces cétacés qui, autrefois, frayaient dans les eaux landaises.

Il y avait aussi le « gouf », ce profond canyon qui court sous la mer et au fond duquel, apprenant à nager, ils imaginaient des monstres à l'affût de leurs pieds pour les attraper et les dévorer.

Bref, que de bons souvenirs !

– Et devine où nous descendrons ? interroge Aliénor, l'œil allumé.

– Quand même pas à l'Hôtel des Pins ?

– Gagné ! Le grand, le fameux, l'unique Hôtel des Pins.

À quelques kilomètres de la ville, dans une forêt de résineux, celui-ci possédait une piscine et un étang où les enfants pouvaient pêcher. Capbreton n'était qu'à deux heures de Bordeaux, Paul nous y rejoignait en fin de semaine.

– J'ignore comment ta fille s'est débrouillée, explique celui-ci, admiratif, mais elle a réussi, un week-end de 14 juillet, à leur extorquer trois chambres.

– C'est parce qu'il y a eu une décommandation, explique Marie-Jeanne.
– Un « décommandement », la corrige son frère.
– « Une décommandaison », s'amuse Enguerrand.
Rire général.
– Je dormirai avec les jumeaux, maman avec Aliénor et Merlin, et toi avec grand-père, reprend Marie-Jeanne.
– Et le pauvre petit que voilà restera garder les vignes et la maison, fait semblant de pleurer notre fils. Maman, tu pourras me confier ta « brouette » ? Lise me taxe ma voiture.
« Tu reviendras. »
– Et en quel honneur, ce beau cadeau ?
Aliénor m'adresse un regard ulcéré.
– Ne me dis pas que tu as oublié, maman ! Un certain mois de juillet, d'une certaine année quatre-vingt, ça ne te dit vraiment rien ? Allez, un petit effort. Papa, lui, se souvient très bien.
La main de Paul se resserrant autour de mes épaules, l'air rigolard de l'assemblée et la mémoire me revient. Un certain mois de juillet d'une certaine année quatre-vingt, Aliénor avait été conçue à l'Hôtel des Pins.
– Maman a compris, regardez-la, elle rougit ! s'amuse Enguerrand, qui trouve plus classe que, pour lui, la chose se soit passée à Venise durant le voyage de noces.
Ses enfants applaudissent. Adieu cigognes, roses et choux porteurs de bébés, aujourd'hui où le top est d'envoyer, en guise de vœux ou autres réjouissances, sa dernière échographie.
– Tu ne bois pas, maman ?
– Mais si, bien sûr.
Le champagne n'apaise pas la brûlure de mes lèvres.
« Tu reviendras. »
– Et le départ est prévu pour quand ?
– Demain, en début d'après-midi, de façon à pouvoir piquer un plongeon dans la piscine avant le dîner.
– Retour ?
– Tu ne vas pas parler de retour avant même de partir !? s'insurge Aliénor. Dimanche soir.

J'objecte faiblement : « Un 14 juillet ? »
- Pour être à pied d'œuvre lundi. Je ne peux pas lâcher plus longtemps ma boutique, intervient Lise.
- Ni son mari, ajoute Enguerrand.
Il ne m'a pas échappé que depuis un moment Paul se désintéressait de la conversation pour détailler ma tenue.
- Ne dirait-on pas que tu es déjà prête pour la plage ? remarque-t-il. J'aime bien quand tu t'habilles comme ça. Vous ne trouvez pas, vous autres ?
Sauf Antonin et Madeleine dans leur cadre doré, tout le monde a trouvé. Une seconde tournée de champagne a été servie.
Plus personne ne s'occupait de moi. Soudain, une autre plage m'est apparue, d'autres vagues sont montées, un bruit de mer dans un coquillage. Un vertige m'a saisie : m'y jeter.
- Mamie-Thé, tu me fais un mimosa ? a chuchoté Marie-Jeanne en me tendant subrepticement un verre.
J'ai émergé.
Et, versant quelques gouttes de champagne dans son jus de fruit, je pensais que ma petite amie des étoiles, à qui j'avais appris à faire des bêtises, ne saurait jamais que sa mamie avait été, aujourd'hui, sur le point d'en commettre une redoutable.
Je me suis refusée à boire davantage. Il n'est que trop connu que marier la vodka à un autre alcool peut se révéler meurtrier.

À trois heures, ce vendredi 12 juillet, le chargement des voitures était terminé, chaque enfant muni de sa bouteille d'eau et de son jeu électronique.
Il y avait eu entre eux d'âpres tractations, tous voulant voyager à côté de moi, réputée pour raconter des histoires propres à faire oublier le mal de cœur.
Afin de contenter tout le monde, il a été décidé de partager le trajet en deux. Durant la première moitié, j'aurais Richard et Merlin pour compagnons. Marie-Jeanne et Robin termineraient l'équipée avec moi.

À l'arrière, bien sûr. Tous solidement sanglés. Portières verrouillées.

Au moment d'embarquer, prétextant un oubli, je suis remontée dans ma chambre. D'un doigt tremblant, j'ai formé un numéro de portable et laissé un SMS.

« Sous le tilleul de Schubert loge une grand-mère que ses petits-enfants emmènent passer trois jours au bord de la mer. S'il te plaît, oublie-la, elle ne reviendra pas. »

Chapitre 11

C'est à l'Hôtel des Pins, au bord de la piscine où s'étaient précipités petits et grands, que le premier SMS de Florian m'est arrivé.

Je n'avais pas souhaité me baigner et assistais, de mon transat, aux ébats des uns et des autres, dressant autour de mon cœur la muraille d'anciens souvenirs. En ces mêmes lieux, entourée d'autres jeunes mères, je laissais le soleil me parer, attendant avec impatience la venue, en fin de semaine, d'un mari qui fréquentait alors un cercle réservé au seul sexe masculin.

Soudain, dans mon sac, la brève sonnerie d'un SMS a retenti. Découvrant le nom de l'expéditeur, j'ai senti s'effondrer la muraille comme un château de sable et, en un éclair, je me suis retrouvée cœur nu et désarmé.

Le pli ne contenait que deux mots, suivis d'un point d'interrogation :
« Et Édith ? »
Aucune Édith dans mes connaissances.

Je me suis bien gardée de cliquer, ce mot couperet, pour effacer le message et, mon portable serré contre ma poitrine au cas où le messager souhaiterait ajouter quelque chose, j'ai tenté de faire le clair dans ma tête.

Comment Florian avait-il eu mon numéro ? Je ne me rappelais pas le lui avoir donné.

Mais étais-je bête ! En recevant ma propre missive, pardi ! Je ne suis pas du genre à avancer masquée et considère tout appel comme pouvant être porteur de bonne nouvelle.

« Et Édith ? »

Soudain, un vent brûlant a soufflé, m'embrasant toute. Je me suis précipitée dans la piscine.

Combien d'années s'étaient écoulées depuis notre dernier séjour dans cet hôtel de charme ? Et où était passé le charme ?

De larges baies avaient remplacé les fenêtres ornées de rideaux à petits carreaux. Les cadres de coquillages qui, aux murs, répondaient aux secrets craquements des boiseries avaient disparu avec celles-ci. Le mobilier était « design ». L'ambiance feutrée « à la Simenon » avait laissé place à une froide transparence.

La famille s'est rassemblée autour d'une même table et Aliénor a pris avec son mobile de nombreuses photos qu'elle a transmises sur-le-champ à son frère. Nous pouvions entendre les exclamations de joie d'Enguerrand. C'était comme si soudain il se trouvait parmi nous. Dire que certains refusent encore cet objet magique qui, par-delà les distances, et se riant des obstacles, sait si bien réunir les êtres. Pour m'en souvenir, et bien que mon portable ne prenne pas de photo, je ne cessais moi-même de le consulter au cas où.

Les patrons n'avaient pas changé, lui aux fourneaux, elle à l'accueil. Et, comme autrefois, le menu du soir était le même pour tous, puisé dans une spécialité du cru. Ce soir, une piperade de langoustines royales, accompagnée de riz sauvage : un régal.

Seuls nos New-Yorkais n'ont pas apprécié. Ils ont mis tant d'énergie à réclamer, dans leur sabir anglo-français, des hamburgers et des *french fries* que, pour ramener le calme dans la salle, le cuisinier, appelé en renfort, a fini par s'incliner devant les diablotins. Pas encore cinq ans ! J'ai mieux compris l'urgence du rapatriement.

Mais je me serais passée de l'idée saugrenue qu'a eue notre fille, le repas terminé, de vouloir compléter l'album-souvenir en pourchassant ses parents dans leur chambre.

– Et on s'assoit côte à côte sur le lit, *please*!

Ledit lit, « king size », où trois personnes auraient pu aisément se loger, n'avait rien à voir avec celui, à ressorts du siècle dernier, dont j'avais encore dans la tête les grincements, au bon ou au mauvais moment selon l'image qu'on en conserve.

Il y avait belle lurette que lorsque nous descendions à l'hôtel je prenais soin de réserver une chambre à deux lits, échappant si possible aux lits jumeaux qui ne changent pas grand-chose à la proximité.

Tandis qu'Aliénor nous mitraillait avec son instrument sophistiqué, Paul a trouvé malin de passer son bras autour de ma taille, suscitant l'allégresse des petits qui espionnaient sur le pas de la porte. Pourquoi notre fille n'avait-elle pas convoqué tout l'hôtel pendant qu'elle y était?

Les photos transmises, elles aussi, à Enguerrand, elle nous a souhaité bonne nuit, souhait assorti d'un clin d'œil qui en disait long, avant de nous abandonner à nous-mêmes.

On prétend que l'amour, c'est regarder dans la même direction. Voyant bien vers laquelle Paul avait l'intention de m'entraîner et n'étant pas d'humeur à le suivre, il m'a fallu employer les grands moyens.

Je me suis précipitée la première dans la salle de bains et lorsqu'un peu plus tard il en est sorti, inondé d'eau de toilette, je dormais déjà, lumière éteinte de mon côté et drap jusqu'au nez.

Un concert de soupirs et de raclements de gorge ne sont pas venus à bout de mon sommeil et, à défaut de mes bras, il a fini par sombrer dans ceux de Morphée.

Chapitre 12

C'est dans les délicieuses odeurs de café frais et brioche tiédie, mêlées au parfum de miel amer montant de la pinède toute proche, que j'ai découvert le second SMS.

L'avantage du lit « king size » est que la reine peut s'en échapper sans éveiller le roi. Dès sept heures, je me présentai pour le petit déjeuner que l'on m'a servi sur la terrasse.

Avant d'entamer celui-ci, l'idée m'est venue de relire le message reçu la veille :

« Et Édith ? »

Découvrant une enveloppe supplémentaire, j'ai d'abord cru m'être trompée. Mais non ! L'ayant décachetée d'un doigt fébrile, un second prénom m'est apparu :

« Et George ? »

Un prénom masculin à présent.

Comme le premier, inconnu au bataillon.

Édith et George ?

George et Édith ?

– Ça va, madame ? Pas de mauvaises nouvelles ?

La patronne de l'hôtel, venue s'assurer que je ne manquais de rien, nous regardait, mon portable et moi, d'un air inquiet.

– Mais non, au contraire, ça va bien, même très bien.

Ne disait-on pas autrefois : « recevoir un coup de fil » ? Quelle que soit leur signification, ces deux prénoms tendaient entre un jeune homme un peu fou et moi un fil enchanté. Et j'étais prête à accueillir sur mon portable tout le calendrier.

J'ai dévoré.

Nul n'a parlé et ne parlera jamais aussi bien des pins que mon parrain, qui d'ailleurs leur ressemblait : droit, sec, austère. Tandis que je me promenais dans la pinède, accompagnée par un orchestre de cigales, il me semblait voir, niché au creux de chaque branche, un mot de lui, à moins que ce ne fût un remords. Tandis que de chaque cime s'envolait une âme tourmentée.

« Tu reviendras. »

Dans laquelle de ses œuvres, en un moment d'abandon si rare chez lui, mon parrain avait-il dit : « À quoi bon un sacrifice s'il nous empoisonne ? » N'était-ce pas justement dans le roman portant mon nom ? Quelle prescience ont parfois les écrivains ! Et comme ils savent nous éclairer alors que nous errons dans les brouillards de notre conscience !

Une voix limpide m'a sortie de ma méditation.

– Mamie-Thé, tu crois qu'Aliénor va divorcer?

Surgie à mes côtés, telle une fine comète à chevelure blonde, ma Marie-Jeanne fixait sur moi un regard soucieux.

– Mais j'espère bien que non ! J'espère que ton oncle Gérard nous rejoindra bientôt en France.

– Les jumeaux disent que l'Amérique, c'est plus cool.

– Ah bon ? Et toi, qu'est-ce que tu en penses ?

– Moi, je connais pas l'Amérique mais j'aime mieux là où tu es.

Un remords est tombé d'un pin.

Ma petite étoile fixait à présent la vieille montre à mon poignet.

– Et la belle ? Celle que grand-père t'a donnée ? Pourquoi tu l'as pas mise ?

D'une cime, mon âme a pris son envol, Dieu seul sait où.

« Tu reviendras. »

— J'avais peur de l'abîmer alors je l'ai laissée à la maison.

Les aiguilles arrêtées sur un rêve interdit.

— Tu viens, mamie-Thé ? Tout le monde t'attend.

Une décision s'est imposée.

Le sacrifice.

Le ciel s'est voilé, les cigales ont chanté le deuil. L'odeur du chagrin a tout empoisonné.

— D'accord, ma chérie. On rentre.

Chapitre 13

Le troisième SMS a explosé dans ma main serrée sur mon portable, dans les pétarades du feu d'artifice, applaudi par la foule, sur la plage de Capbreton.

Dans l'intime lumière qui n'appartenait qu'à moi, j'ai pu lire :

« Et Marguerite ? »

Un nom de fleur, comme par hasard. Et aucune Marguerite dans mon entourage, bien entendu.

Édith, George, Marguerite... trois prénoms, trois points d'interrogation.

Et si j'appelais Florian pour lui en demander la signification ? Entendre sa voix. Une dernière fois.

Dans le fracas multicolore des fusées, les cris de bonheur, les ovations, la mer s'est avancée. Il m'a semblé soudain être entraînée dans la baïne, cette dépression sous les flots où, entre marée basse et marée montante, se creusent des courants mortels dont, chaque année, des imprudents sont victimes.

« Tu reviendras. »

La voix d'Aliénor, rameutant la famille, m'a sauvée. Je n'avais pas vu les derniers bouquets tomber dans la mer. La plage se vidait.

« Et maintenant, on va danser ! » se sont réjouies les femmes.

On dansait sur la terrasse de l'Hôtel des Pins, dans le salon et la salle à manger ornés de guirlandes, lampions et drapeaux tricolores, enfants et adultes mêlés.

Une estrade avait été dressée, où se démenait l'orchestre. Mais pouvait-on appeler « orchestre » ce groupe de jeunes vêtus comme pour un mariage, et pianiste ce lourd garçon aux cheveux gominés, rasé de près, qui tapait comme un sourd sur une casserole baptisée « piano » ?

– Puis-je inviter la plus jolie femme céans ? a demandé Paul en s'inclinant devant moi.

Il s'agissait d'un slow. Et tandis que mon danseur me serrait contre lui à m'étouffer, j'ai bien senti qu'il avait une idée derrière la tête. Idée qui, n'ayant pu se réaliser la veille, n'avait fait, si l'on peut s'exprimer ainsi, que croître et embellir.

Il n'a d'ailleurs pas cherché à cacher ses intentions puisque le slow s'est achevé dans notre chambre où, la porte refermée d'un mâle retour de pied, il m'a annoncé tout de go :

– Ce soir, j'ai l'intention d'honorer ma femme.

Quand même ! Où les hommes placent-ils leur honneur ? A-t-on jamais entendu parler d'une femme « honorant » son mari ? Moins présomptueuse, elle se contente d'honorer sa couche.

Je ne suis pas de celles qui se donnent à l'un en rêvant d'un autre, surtout lorsque la comparaison est trop inégale. Pour la première fois depuis notre mariage, je me suis refusée à Paul. Et sans tricher, sans faire appel au mal de tête si galvaudé. La vérité, à haute et intelligible voix en raison de son écoute déficiente.

– Merci, non. Pas envie.

N'ayant jamais songé à s'interroger sur ladite envie puisque, jusque-là, j'avais accompli sans rechigner mon devoir conjugal, Paul l'a extrêmement mal pris.

Passé une minute d'incrédulité, suivie d'un instant où, voyant sa main se tendre autoritairement vers moi, j'ai craint le pire, il s'est contenté de kidnapper mon portable – ayant sans doute égaré le sien –, avant de s'enfermer dans la salle de bains. Et, les sourds ayant tendance à parler fort au téléphone, comme s'ils suspectaient la Terre entière de partager leur infirmité, je suppose qu'une bonne partie de l'étage a pu l'entendre donner rendez-vous à « Sex and the City », à dix-huit heures, le jour de la prise de la Bastille.

Avouerai-je avoir été prise d'un rire nerveux ? N'avais-je pas également mon cercle ? Édith, George, Marguerite... Et si leurs noms étaient démodés, elles n'en avaient pas moins été de sacrées friponnes.

Le lumineux dimanche 14 juillet ne l'a pas trouvé de meilleure humeur. Nous avions prévu de partir après le déjeuner et de faire un détour par « la Pinède des singes », à quelques kilomètres de Capbaleine. Avant de prendre la route, l'addition payée, semble-t-il à contre-cœur, Paul a annoncé qu'il rentrerait directement au domaine, un programme chargé l'y attendant – dix-huit heures à son cercle.

Face au désespoir des petits, nous avons décidé de faire voiture à part. Aliénor et Marie-Jeanne ont accepté de nous précéder dans celle de leur père et grand-père. Lise m'a fait de la place dans celle d'Enguerrand, les trois amateurs de macaques à l'arrière.

Ce mammifère, ancêtre de l'homme, a beaucoup intéressé nos garçons avec son unique idée en tête. Et comme Lise s'inquiétait de la triste figure que nous avait offerte ce matin son beau-père, je n'ai pas osé, devant le désolant spectacle, lui en donner la raison.

La visite terminée, elle m'a confié le volant pour rapatrier la tribu à bon port, ayant bu lors du déjeuner plus que ne l'y autorisait son permis. Grâce à une conduite prudente, j'ai gardé tous mes points sur le mien.

Nous n'étions qu'à une petite heure du but lorsque, dans ma poche, la fine vibration de mon portable m'a indiqué la venue d'un nouveau message, provoquant en moi un indéfinissable sentiment d'ivresse, une sorte de libération, en un mot : un envol.

– Mais mère, qu'est-ce qui vous prend ? Avez-vous vu à quelle vitesse vous roulez ? s'est exclamée, épouvantée, ma belle-fille, tandis qu'à l'arrière les garçons criaient « Plus vite ! » en faisant des bruits d'avion.

J'ai lâché l'accélérateur. Encore une histoire de temps, je ne m'étais rendu compte de rien.

Arrivés au domaine d'Aiguillon d'où, comme annoncé dans la salle de bains de l'Hôtel des Pins, le maître des lieux s'était absenté, chacun a regagné ses appartements. J'ai attendu d'avoir retrouvé l'intimité d'une chambre bien à moi pour ouvrir la quatrième enveloppe :

« Et Colette ? »

La lumière s'est faite. Comment avais-je pu être aveugle à ce point ?

ÉDITH Piaf et son Théo.
GEORGE Sand, Chopin et les autres.
MARGUERITE Duras et Yann Andréa.
COLETTE et le blé en herbe.

Ce quatuor de femmes admirables, ces artistes reconnues de tous, fêtées par tous, et pour lesquelles le temps d'aimer ne connaissait pas de frontière.

J'ai décidé de me livrer à la baïne.

Chapitre 14

C'étaient les grandes marées à Bordeaux. Un flot de musique déferlait dans les rues, se cognait aux murs de sable doré des maisons, se répandait sur les places, tandis qu'aux fenêtres battaient des pavillons tricolores.

Sous le regard impavide des statues de pierre de la fontaine, des couples tournoyaient.

– Tu vois, je savais que tu viendrais, alors j'ai commandé le bal pour nous, a dit Florian.

La porte était ouverte lorsque j'étais arrivée, une bouteille de champagne dans un seau à glace sur le piano. Il portait une chemise d'un blanc éclatant, j'avais revêtu ma robe de fête.

J'attendais qu'il me prenne tout de suite dans ses bras, il n'en avait rien fait. Sans mot dire, il avait rempli nos coupes et après m'avoir tendu la mienne, il m'avait entraînée vers la fenêtre. En chemin, le voyant pieds nus, j'avais retiré mes sandales comme on fait avant de courir vers la mer.

– Une danse, madame l'Étoile ?

Nous sommes rentrés dans le salon où il m'a fait tourner au bout de son doigt, lui le pôle, moi son satellite aimanté par sa lumière. Puis il est allé refermer la fenêtre, la musique de danse s'est tue, il l'a remplacée par une autre, une sonate, je crois, Schubert, bien sûr, et j'ai pensé : « la musique d'un lieu où se choisissent les âmes ». Et au diable les ricaneurs ! c'était bien par là que j'avais commencé, par mon âme émue devant la détresse d'un enfant.

Mais voilà ! L'enfant avait tout demandé, tout exigé, et ce soir j'étais venue lui donner le reste, le moins important, même si c'était le plus brûlant.

J'ai voulu me cacher dans ses bras, il a dit : « Attends. »

Il disait tout le temps « attends », comme pour retenir encore un peu le bonheur, retarder le moment où la faim pourrait enfin s'assouvir, peut-être aussi pour manifester son pouvoir, être celui qui décide du départ.

Il a dit « Attends », et il s'est contenté de défaire la ceinture de ma robe et de la jeter au loin, me préparant pour lui, puis, debout contre le piano, sans cesser de me regarder, il a porté sa coupe à ses lèvres et les y a trempées avant de les poser sur les miennes, reprenant là où hier, hier ou un autre soir, ou un autre jour, nous avions été interrompus, resserrant le cours du temps car il ne s'était pas passé d'instant où je ne sente ses lèvres sur les miennes, où je n'éprouve la lente pénétration de son baiser.

Quelques années plus tard, à moins que ce ne soit quelques siècles, il a écarté son visage du mien et il a dit : « Viens. »

Il disait tout le temps « viens », comme pour annoncer que le moment était enfin arrivé de rompre la solitude, d'avoir moins froid, de partir à deux, et il m'a menée au nid de coussins qu'il avait préparé pour le voyage, en rajoutant tant et tant qu'y tombant il m'a semblé m'enfoncer au creux d'un nuage.

Penché sur moi dans le nuage, il a défait un à un les boutons de ma robe, flânant ici et là entre deux boutonnières, jusqu'à la dernière, avant d'ouvrir les pans, de libérer mes seins de la dentelle, les prendre dans sa main, les parcourir avec ses lèvres, puis y poser la tête avec une sorte de plainte et demeurer là. Ici.

Et caressant les boucles châtains, souples et vigoureux sarments, cherchant à apaiser la douleur, je ne savais si je caressais l'homme ou l'enfant, brûlant de désir pour l'un, de tendresse pour l'autre, aimant autant les deux.

Lorsqu'il s'est détaché et m'a regardée, lui vêtu, moi presque nue, j'ai tendu la main pour réparer l'injustice, mais il l'a arrêtée – « attends, attends » – et il m'a retiré ma dernière défense. Et tandis qu'il me caressait là, faisant monter les vagues de délices inconnues, j'étais la jeune fille des nuits de pleine lune qui, sur son lit, regardait passer des nefs emplies de chevaliers, attendant et redoutant celui qui viendrait l'enlever à la tiédeur de sa vie, sans savoir qu'il lui offrirait la tempête. Et ce n'est que lorsque j'ai été sur le point de me rendre qu'il a interrompu la caresse et s'est livré à mes mains.

Tandis que je défaisais sa chemise, je pensais au garçon démuni sur la balancelle et le soumettais à mon tour à la torture de l'attente, promenant mes lèvres sur la soyeuse forêt dont une fine allée descendait là où je m'interdisais d'aller, effleurant les tendres boutons dressés, attendant le moment où soudain il m'a échappé, s'est levé et a achevé lui-même de se dévêtir.

Cette nuit-là, sous le tilleul, il avait parlé de désir assassiné. Il se dressait sous mes yeux, armé et triomphant, et c'est moi qui ai supplié : « Viens. »

Tu es venu en moi, tendre et brûlant, impérieux et doux. Était-ce le jour ? Était-ce la nuit ? Sonate ou musique de danse ? Ondulant à ton rythme, j'apprenais que l'on peut mener le flot jusqu'à la crête, puis l'arrêter, vouloir à la fois l'accalmie et le naufrage, et revivre pour mieux mourir.

Quand tu as ordonné « maintenant », tu avais le regard perdu du tueur que rien ne retiendra d'aller au bout de son plaisir, sa tâche.

Tu as créé la femme qui tentait de te retenir au plus profond d'elle-même en criant ton nom.

J'ignorais que c'était celui du mascaret et que la dernière vague, celle qui engloutit la maison et la vigne, porte en elle la mort et la renaissance.

Plus tard, réfugié contre moi comme un enfant, tu m'as dit d'une grosse voix d'homme : « Je t'aime, l'Étoile. »

Et dans ta chaleur, sous le ciel apaisé, j'étais la terre, la fleur, le grain, la pulpe de l'arbre de vie.

Deuxième partie
LA VÉRAISON

Chapitre 15

– Tiens ! J'ai senti une goutte, pas vous ?

L'œil inquiet de Paul se fixe sur les nuages sombres qui s'amassent au loin, semblant fomenter un assaut. Il est cinq heures et la chaleur ne désarme pas.

Enguerrand présente sa main au ciel, rit gentiment.

– Tu me pardonneras, papa, mais une goutte tombe rarement seule et moi, je ne reçois rien.

En ce début d'août fiévreux, nous cheminons le long des allées touffues où une petite troupe s'affaire dans le silence. La sueur coule sur le torse nu des hommes, les femmes passent fréquemment le dos de leur main sur leur front luisant.

Les vendanges vertes sont terminées, le pied de la vigne a été soulagé de quelques grappes superflues afin qu'elle puisse mieux nourrir celles qu'il lui restait, que le grain ne manque ni d'eau ni de soleil.

Comme pour l'effeuillage, les travaux ont été pratiqués à la main, un choix coûteux, une tradition chez nous. Et chaque année, nous avons le plaisir de voir revenir certains étudiants ou ouvriers agricoles qui connaissent le vignoble aussi bien que nous.

J'entends la voix de mon papi Gustave : « Alors, Jean-Pierre, ça va ? Et toi, André ? »

« Pour que le vin soit bon, disait-il, il n'y a pas de secret. Il faut que le raisin soit mûr : deux tiers de soleil, un tiers de pluie et beaucoup de sueur et d'amour. »

Jusqu'ici, le compte y est. La véraison est en marche, ce moment où les premiers grains, gorgés de sucre, changent de couleur. Le vert pâlit, se teinte de rose. Viendra bientôt le rouge, en même temps que la baie gonflera et peu à peu se ramollira. Lorsqu'elle sera uniformément grenat, en principe vers la mi-septembre, le ban des vendanges pourra être sonné.

L'homme a fait son travail. À présent, seul le ciel commande. C'est la saison de tous les dangers. Un orage, et le fruit d'une année de labeur et d'espoir peut être anéanti.

– Je sais ce que je dis, grommelle Paul. C'est bien le tonnerre, là-bas, non ?

Joseph nous a rejoints, accompagné de Jo, son chien. « Jo », pour prouver au bâtard au collier arraché, découvert un soir à demi mort dans un fossé, qu'il s'est bien trouvé un père.

Le Médocain pointe vers le noir du ciel le sécateur qui, six mois par an, est le prolongement de sa main. De l'œil, Jo suit le mouvement.

– Rassurez-vous, monsieur Paul, si c'est l'orage, celui-là ne sera pas pour nous.

Sous la casquette qui en a tant vu, le visage de mon mari se décrispe. Je me dresse sur la pointe des pieds et tourne la visière à l'envers.

– Mais qu'est-ce qui te prend, Anne-Thé ?

Enguerrand et Joseph étouffent un rire tandis que Paul remet dignement son couvre-chef à l'endroit.

– Allez, viens, on rentre !

En épouse docile, je lui emboîte le pas et, au sortir, glisse mon bras sous le sien.

La tendresse.

Il en est autant de sortes que de vins. Celle que j'éprouve aujourd'hui pour mon compagnon de quarante années, faites de joies et de tristesses partagées, mais aussi de ces petits agacements, finalement acceptés, qui se transforment en complicité.

La tendresse que je porte à mes enfants, respectueuse de leur différence, s'interdisant de trop envelopper.

Celle au goût de miel et de lait, comme celui de leurs joues, que je ressens pour mes petits-enfants.

Et la tendresse mêlée de plaisir, mêlée de passion et de reconnaissance qui, depuis quelques semaines, me fait flamber dans les bras de Florian.

Entre toutes, quel est le lien ?

Une désarmante douceur, mêlée au désir farouche de protéger. Il me semble que le mot « mère » en est la source.

Le vestibule fleure bon la pierre fraîche. On n'ouvre plus les volets du salon que la nuit. Un silence inhabituel nous accueille. Le départ des enfants pour une quinzaine en Bretagne a mis la maison en sommeil.

Lise a embarqué toute la troupe chez ses parents, non loin de Carnac, où ils possèdent un manoir. Aliénor a suivi. Lorsque j'ai décliné l'invitation, il m'a semblé que Paul en était soulagé. « Sex and the City » ou non, il apprécie de m'avoir à la maison. À se demander où se situe le véritable repos du guerrier.

Mon vieux soldat se dirige vers l'escalier.

– Je crois que je vais prendre une douche et m'étendre un moment. Et toi ?

– Moi, je vais d'abord voir à la cuisine où en est Nano. J'espère que tu n'as pas oublié que Guillou et Augustin venaient dîner ce soir ?

Paul s'arrête sur une marche.

– Qu'est-ce que tu nous as prévu de bon ?

– Rien que du frais : gaspacho et esturgeon en gelée.

Nano réussit également très bien la lamproie, mais non merci !

– L'esturgeon avec TA mayonnaise ? s'enquiert le gourmand.

Où va se loger la tendresse ? La revoilà avec MA mayonnaise si appréciée de mon mari.

– Et même MA salade de pommes de terre.

– N'oublie pas les échalotes.

– Et toi, ne viens pas me mettre le doigt dans la saucière.

Lorsque nos invités arriveront, la nuit commencera à s'étendre sur le domaine. Le rire de Guillou, ses plaisanteries salaces égaieront la maison et raviront Enguerrand, qui a pour sa marraine toutes les indulgences qu'il n'aurait certainement pas pour sa mère.

Par les fenêtres larges ouvertes de la salle à manger, l'odeur du vignoble montera jusqu'à nous comme une invitation à vivre.

Le gaspacho – tomate, concombre, poivron – de Nano sera apprécié à sa juste valeur. Mon esturgeon mayonnaise salade de pommes de terre me vaudra quatre étoiles sur le Michelin.

Après le repas, laissant les hommes parler du ciel en dégustant le sauternes du château d'Aleirac, Guillou se rapprochera de moi, l'œil en alerte.

On prétend qu'une femme éprise répand autour d'elle un parfum qui attire irrésistiblement les mâles, comme celui de la papillonne à la saison des amours. L'arôme des caresses de Florian, du plaisir qu'il me donne, aura-t-il chatouillé les narines de mon amie de cœur ?

Elle constatera : « Dis donc, tu m'as l'air en forme, toi. »

Je me contenterai d'un modeste : « Ça va. »

Elle me fera la grâce de ne pas insister.

Chapitre 16

Il y avait l'épouse qui glissait avec tendresse son bras sous celui de son mari, devinait ses mots avant qu'il ne les prononce, avait fini par accepter son horripilante manie de se curer les dents derrière sa serviette de table durant le repas (invités ou non) et qui, lorsqu'il venait à la cuisine tremper en douce le doigt dans la mayonnaise, était partagée entre rire et pulsions de meurtre.

Il y avait la mère qui, bon an mal an, avait élevé ses enfants, sans pour autant dresser autour d'eux les barrières de l'intransigeance, s'était efforcée de leur cacher les frasques de leur père et leur avait transmis, parce qu'il faisait partie d'elle, l'amour de la terre, LEUR terre. Et la grand-mère qui, depuis le départ de ses petits-enfants au pays de l'Enchanteur Merlin, échangeait avec eux des textos amoureux.

Et il y avait la femme dont le cœur et le corps n'étaient qu'un cri vers son amant, qui ne vivait que pour le moment où il la prendrait dans ses bras. Celle qui, sans plus éprouver ni remords ni scrupules, mentait quotidiennement aux siens, leur jouait la comédie de la vertu, avant de retirer sa robe et de se soumettre aux caprices d'un jeune homme vorace qui entendait tout posséder d'elle, faire vibrer sous ses caresses chaque centimètre de sa peau, exigeant d'être payé en retour, jusqu'à l'abandon réciproque de toute réserve, toute pudeur.

Après le départ des petits et de leurs mères pour la Bretagne, j'avais annoncé à Paul qu'afin de profiter de mes quelques semaines de liberté, je m'étais inscrite à des visites guidées de Bordeaux qui me permettraient de redécouvrir ma ville. Il s'en était montré tout content, voyant sans doute là plus de facilité à fréquenter son cercle, se félicitant d'avoir une femme encore assez jeune d'esprit pour souhaiter continuer à se cultiver.

Les visites guidées de la femme « jeune d'esprit » avaient enchanté Florian qui, dès notre second rendez-vous, m'avait remis solennellement la clé de son appartement.

– Septième ciel à découvrir jour ou nuit. Jour ET nuit.

– Et si je ne te trouvais pas seul.

– Mais je ne suis plus jamais seul : tu es toujours là.
La tendresse.

Il avait tenu à tout me raconter sur Roxelane, qu'il appelait drôlement « la Naine brune », du nom d'une étoile récemment découverte, qui se nourrissait de la lumière des autres.

Une amie commune la lui avait présentée au début de l'hiver précédent alors qu'elle cherchait des musiciens pour « variétiser » ses futures croisières.

Roxelane était belle et talentueuse et, lorsqu'elle l'avait dragué, confondant amour et plaisir d'amour-propre, Florian s'était cru épris.

Elle n'était venue qu'une seule fois chez lui, ça lui avait suffi. Pour leurs rencontres, elle préférait son confortable appartement, place de la Comédie.

– Quand elle avait envie de baiser, elle me sonnait. J'accourais comme un toutou.

C'était généralement à l'heure du déjeuner, si elle n'avait pas de repas d'affaires. Ou entre six et huit. Plus tard, c'était Florian qui avait des engagements. À propos desquels elle le tannait, souhaitant qu'il y renonce pour ne se consacrer qu'à elle.

– Ma musique pour le *Roxelane*, mon divin corps pour sa propriétaire.

Elle disait que faire l'amour lui donnait du punch. C'était une experte au lit.

– Pas comme toi, ignorante !
– Non merci pour les détails.

Là, j'avais eu droit à une petite pause travaux pratiques.

En fait de « détails », Roxelane était plutôt du genre « droit au but », et c'était elle qui décidait du scénario dont, bien sûr, elle était la vedette.

– Finalement, ton serviteur n'était qu'un figurant.

Le jeu avait duré jusqu'au soir où, en proie à un « p'tit coup de blues », et prenant pour une fois l'initiative, Florian était monté sans s'annoncer chez la belle.

– La Naine brune n'était pas d'humeur, trop de chiffres dans sa grosse tête. J'ai eu le mauvais goût d'insister, mon sexe violent et prédateur en a pris pour son grade : il n'en revenait pas, le pauvre, qui croyait la satisfaire.

Et la fois suivante, lorsqu'elle l'avait sonné, c'était ledit sexe qui n'était pas d'humeur.

Une fois, deux fois, son manque de moyens, ajouté à ses refus réitérés de quitter son groupe et de jouoter pour les seuls touristes de Sa Majesté avaient fait déborder le vase sacré et elle l'avait jeté.

... la veille d'une fameuse fête de la Fleur au bord de la Gironde.

– Mais après, elle a voulu te reprendre !
– Elle veut encore. Je l'envoie chier.

Même exprimé ainsi, j'adorais.

Pour en terminer avec « la Naine », il m'avait appris que Roxelane exigeait le préservatif.

Témoin de notre mémorable premier baiser, le camarade Miroir, qui était follement romantique, lui avait conseillé de vérifier qu'il était clean. Il s'en était occupé pendant que je batifolais à Capbreton. Résultat OK. Il m'avait fait confiance pour l'être, ainsi avions-nous pu unir nos corps sans craindre de mourir autrement que de plaisir.

À sa demande, plus brièvement, je lui avais parlé de Paul, ne pouvant éviter le sujet de ses nombreux « extras » à son cercle.

Il s'était indigné.

– Il ne te mérite pas. Tu es l'extra des extraterriennes extras.

Et comme j'avouais ne pas savoir si Paul se protégeait lorsqu'il fréquentait « Sex and the City », Florian m'avait formellement interdit de recevoir mon mari dans mon lit.

Il se trouve que je n'avais pas attendu son ordre.

Chapitre 17

Comme tous ceux qui s'aiment, rien que pour le bonheur de nous épouvanter à l'idée que nous aurions pu ne pas nous rencontrer, vivre l'un sans l'autre, ne jamais savoir que nous étions faits l'un pour l'autre, nous frôler sans nous reconnaître, être privés de ce vertigineux bonheur, cette parfaite harmonie des cœurs et des corps, ne même pas nous douter qu'ils pouvaient exister, nous ne cessions de refaire le chemin à l'envers, égrenant les hasards et autres coïncidences, forcément inouïs, qui nous avaient menés à partager une même balancelle... à trois heures du matin.

En ce qui me concernait, cela avait débuté avec l'arrivée d'un gâteau mortuaire portant soixante bougies qui m'avaient rendue un peu tristounette.

Ici, Florian demandait une « p'tite pause câlin » et il m'embrassait soixante fois, en commençant par le baiser en l'air, puis passant par l'amical, le fraternel, le paternel, l'amoureux, et terminant par le torride.

– C'est bon, tu peux continuer. Allez, go !

À demi morte, je remontais à cet instant où, dans les anciennes écuries, l'écoutant jouer avec tant de douleur un impromptu de mon musicien favori, les larmes m'étaient montées aux yeux, avant que Marie-Jeanne ne vienne glisser sa main dans la mienne pour m'emmener voir s'unir, par le feu, le ciel et la Gironde.

J'avais un peu de mal à mettre ma petite-fille dans le coup, un scrupule à raconter à Florian que si François Mauriac était mon parrain d'adoption, Marie-Jeanne, avec ses corps célestes et son voyage derrière les étoiles, pouvait se targuer d'être la marraine de notre rencontre. Alors j'évoquais ces blanches nefs chargées de chevaliers qu'adolescente je regardais passer devant la lune. Ne m'avaient-elles pas préparée à accueillir favorablement le chevalier ici présent ?

Et là, dans un claquement d'armure, la sentence de mort était prononcée.

Aucun signe du ciel n'avait prédit à Florian qu'il rencontrerait près de la Gironde une étoile déguisée en femme. Avant de sombrer dans la lumière noire de Roxelane, il voguait sans souci d'étoilette en étoilette. Pour que la rencontre se fasse, il avait fallu que s'y attellent trois conjurés de réputation internationale.

Le premier était Franz Schubert, bien sûr. Alors que le matin d'une fameuse fête de la Fleur, le moral – et le reste – mis en berne par l'abominable Naine brune, il avait le doigt sur les touches de son portable pour se décommander, le musicien lui avait donné ordre de respecter son contrat.

Monsieur du Tilleul avait pris le relais qui, la soirée terminée, les feux éteints, le ciel en cendres, l'avait sommé de venir l'écouter sur la balancelle.

Là, Florian chantait le lied écrit spécialement à notre intention dans *Le Voyage d'hiver* :

> Son feuillage murmurait
> viens vers moi, ami.
> Ici tu trouveras le repos.

Après quoi, il se taisait, attendant, l'œil innocent, que je m'enquière du troisième conjuré.

– LA troisième, ma chère. Vous, bien sûr. Ne me dites pas, pauvre ignorante, que vous ne saviez pas que la fiancée de Schubert, son seul véritable amour, s'appelait... Thérèse ?

Et pour la première fois de ma longue vie, mon prénom m'apparaissait comme un présent du ciel.

Merci, cher parrain !

Comme il faut bien, dans les moments cruciaux de l'existence, allumer un brin d'humour pour ne pas se laisser totalement entortiller dans les oriflammes des grands sentiments, j'appelai Guillou à la rescousse. Florian l'aimait bien. Elle l'amusait.

– Tu oublies une quatrième conjurée : Guillemette de Saint-André. Si elle ne m'avait pas tannée avec ses « petit coups par-ci par-là », pas sûr que j'aurais succombé.

Alors, il rugissait.

– Ta salope de Guillou. Je vais t'en donner, moi, des petits coups par-ci par-là !

Et, pour me faire pardonner, je devais jouer à deux mains « je t'aime », sur toutes les notes du clavier de son corps, les blanches et les noires, les graves et les aiguës, en respectant les silences, observant les soupirs et mettant pour finir la pédale forte de la passion.

Avant d'appuyer sur la pédale douce de la tendresse.

Et je ne pouvais m'empêcher de penser que le jour où l'on cesse de s'émerveiller bêtement d'une rencontre, ce jour-là retentit le glas de l'amour.

Chapitre 18

Ce jeudi 12 août, la chaleur a été accablante. Un ciel que l'on aurait dit blanc de rage s'est appliqué à gommer le bleu et masquer le soleil. Dans les vignes, les hommes ont souffert.

L'aoûtement est en marche. Le vert des rameaux laisse peu à peu place au brun, le cep se dénude, tend insolemment son fruit enflé à la vue. On commence à goûter le grain.

Il est sept heures dans le salon aux volets tirés. Paul et moi savourons un semblant de tiédeur tout en dégustant, en guise d'apéritif, un verre de vin blanc frais, lorsqu'un fracas retentit dans le vestibule en même temps qu'une voix masculine lance :

– Elle est là ?

Nous nous levons d'un même mouvement. La porte s'ouvre à toute volée et notre gendre apparaît. Costume trois pièces, cravate, souliers de cuir à trous-trous, ne lui manque que l'attaché-case et l'ordinateur (qui viennent probablement de choir dans l'entrée).

Le cœur battant de joie, je m'élance et l'embrasse sur les deux joues. Paul s'approche et lui serre la main.

– Pardonnez cette intrusion, bredouille le mari d'Aliénor en regardant de tous côtés, comme s'il soupçonnait sa femme de se cacher derrière un meuble. Mais hier encore, je n'étais pas certain de pouvoir venir. Où est ma femme ?

Craint-il qu'elle ne l'ait quitté pour un autre ? Je le rassure bien vite.

– Elle est en Bretagne avec les enfants, chez Lise. Vous ne le saviez pas ?

Il courbe les épaules, accablé.

– À vrai dire, depuis quelque temps, Aliénor ne répond plus à mes appels. Nous sommes en froid.

– En froid ? Comme vous pouvez le constater, ce n'est pas le cas ici, s'exclame Paul avec un manque de tact consternant. On en viendrait même à vous envier votre air conditionné.

Je pourfends le gaffeur du regard et m'empare du bras de mon gendre.

– Venez, vous devez mourir de soif !

Tandis qu'il s'effondre sur le canapé, je lui sers un verre de vin blanc qu'il vide d'un trait, les yeux fermés, comme on se flingue. Revoilà Paul, prêt à parler. Je lui fais signe de se taire et remplis à nouveau le verre.

– Si j'ai bien compris, cher Gérard, Aliénor vous croit actuellement aux États-Unis ?

Il acquiesce, avec un gros soupir.

– Depuis que j'ai eu le malheur de demander à votre fille de revenir à New York pour s'occuper du déménagement, elle s'est mise aux abonnés absents.

« DÉMÉNAGEMENT »... le seul mot que je veux retenir, Gérard a cédé à Aliénor : il rentre au pays.

Peut-être son mari est-il sorti major d'une fameuse école de commerce. Sans doute réussissait-il si bien que l'Amérique souhaitait l'adopter. N'empêche... Sans notre fille, il ne pouvait vivre.

« Un couple exemplaire. » Pour une fois, Paul a vu juste. Un couple moderne où ce n'est pas seulement l'homme qui décide, où la femme a, elle aussi, voix au chapitre et finit par l'emporter.

Un élan me pousse vers celui qui à une brillante carrière a préféré les moments perdus où le cœur et la fantaisie ont loisir de s'exprimer. Il en est quitte pour un bisou supplémentaire. J'aime cette barbe naissante sous mes lèvres.

Et voici que la porte s'ouvre à nouveau, cette fois sur Enguerrand.

– Qu'est-ce que Nano m'apprend ? Tu es là ? Bienvenue *at home, partner*.

Gérard s'est relevé. Les deux jeunes hommes s'étreignent, puis Enguerrand se tourne vers son père.

– Dis donc, papa, ça ne mériterait pas un petit coup de champ, ça ?

Un « petit coup », décidément ! Cet après-midi encore... La loi des séries.

– Cela me paraît même indispensable, répond Paul sans autre forme de procès.

Mais alors qu'il se dirige vers la porte, notre gendre l'arrête.

– Pour mieux en profiter, j'aimerais d'abord que vous m'aidiez à joindre ma femme.

Enguerrand a pris les choses en main.

Ordre a été donné à son père et à moi d'entourer Gérard sur le canapé. Puis il nous a mitraillés avec son portable avant d'expédier les photos des retrouvailles sur le mobile de sa sœur en Bretagne, lui rendant ainsi la monnaie de sa pièce (Hôtel des Pins).

Et comme me remontaient en mémoire les souvenirs de ce merveilleux week-end de fête nationale, une douce ivresse soulevait mon âme. Ah ! Édith, George, Marguerite, Colette, mes complices...

Le portable que Gérard serrait fort dans sa main n'a pas tardé à se manifester. La réconciliation s'étant scellée à l'autre bout du salon, sous l'œil perplexe d'Antonin et de Madeleine, dont j'évite personnellement le regard depuis quelque temps, nous n'avons pu entendre que « oui » et « je t'aime », les deux plus beaux mots du monde.

Il a raccroché pile au moment où le bouchon de champagne sautait.

– Aliénor arrive demain avec les enfants, nous a-t-il annoncé triomphalement.

– À quelle heure ? ai-je demandé, peut-être un peu abruptement car trois visages surpris se sont tournés dans ma direction.

– Elle me rappellera dès qu'elle aura les horaires de train, a répondu Gérard. Je suppose qu'ils seront là dans la soirée.

– La soirée, c'est vite dit, ai-je observé. Il n'y a pas que le train. Il y a aussi les trajets en voiture : Carnac-Bordeaux, et Bordeaux jusqu'ici. Cela peut doubler le voyage.

– Je ne te connaissais pas si pessimiste, maman, s'est étonné Enguerrand. Et quelle que soit l'heure à laquelle ils arriveront, je propose un dîner de fête.

– Plutôt un souper, ai-je rectifié. Ça sera plus sûr.

Mon fils, qui remplissait les coupes, en a versé un peu à côté. Gérard a essuyé ses lunettes avant de me regarder à nouveau, comme s'il n'était pas sûr de se trouver en face de la bonne personne.

C'est Paul, que son oreille déficiente avait privé d'une partie de la conversation, qui a été le plus proche de la vérité.

– La maison va se remplir à nouveau, a-t-il constaté avec joie en heurtant sa coupe à la mienne. Je crains fort, ma chérie, que tes visites des trésors de la ville ne soient compromises.

Que mon illustre parrain me pardonne : les « trésors de la ville », que je devais visiter demain à quatre heures, ont déclenché chez moi un rire nerveux que j'ai transformé en toux et que je suis allée calmer sur la terrasse.

Durant le dîner, notre gendre, qui s'était décidé à tomber la cravate, s'est expliqué sur les événements qui l'avaient conduit à nous faire la bonne surprise de partager ce soir notre « cul de veau aux petits oignons », spécialité de Nano.

En ce qui le concernait, son travail à New York le comblait et la proposition de sa banque de prendre la nationalité américaine, afin de pouvoir le garder, l'avait ému et honoré.

Il ne lui avait cependant pas échappé qu'Aliénor comptait les jours qui la séparaient du retour au pays. Là, probablement, sous l'effet conjugué du vin blanc, du champagne et du médoc, cet homme d'ordinaire maître de lui s'est laissé aller à taper du poing sur la table.

Notre fille n'avait nul besoin de lui mettre le couteau sous la gorge. Pas une seconde, il n'avait envisagé de se séparer d'elle et de ses fils. La situation était tout simplement un peu plus difficile à gérer qu'elle ne l'imaginait.

Annoncer son départ à ses collaborateurs et amis avait été chose délicate. Il n'avait pu faire moins que d'accepter de rester jusqu'à la fin de l'année. C'était lorsqu'il avait émis le vœu qu'Aliénor revienne passer avec lui le dernier trimestre à New York qu'elle s'était mystérieusement mise aux abonnés absents. Craignait-elle un piège ?

Comme pour le contredire, son portable s'est à nouveau manifesté. Oubliant toute retenue, il est retourné répondre sans même s'excuser, sous la protection de mes feus beaux-parents.

– Qu'est-ce qui se passe, à la fin ? s'est énervé Paul, la main en cornet autour de sa bonne oreille. Il rentre ou il ne rentre pas ?

– Il repart pour mieux rentrer, l'a rassuré son fils.

Gérard reprenait déjà sa place parmi nous, un grand sourire aux lèvres.

– Vous vouliez savoir leur heure d'arrivée, mère ? Cinq heures vingt en gare de Bordeaux.

– On ira les chercher en cortège, s'est enthousiasmé Enguerrand.

– Espérons qu'il n'y aura pas de grève-surprise des transports, ai-je conclu.

Et, pour la première fois, l'annonce d'une grève a réuni tout le monde autour d'un éclat de rire.

Gérard avait une autre bonne nouvelle à nous annoncer. Depuis quelques semaines, il prospectait pour trouver un point de chute en France, il avait de bonnes raisons d'espérer que ce serait dans une banque… à Bordeaux.

Une nouvelle bouteille de champagne a été ouverte, que Nano et Joseph ont été conviés à partager avec nous.

Il y a plusieurs sortes de tendresse. Il en est de même pour le bonheur. Et comme un bonheur ne vient jamais seul, ainsi que l'a remarqué si justement la sagesse populaire, il arrive qu'ils se combattent. À cet instant, je ne savais plus si j'allais trinquer au bonheur rond et sans aspérité que me procurait le retour de ma fille au pays, ou à un autre bonheur, aveuglant comme un soleil noir, de vivre un nouvel amour.

Mais lorsque Gérard a heurté sa coupe à la mienne et qu'il a dit, avec au fond des yeux comme un assentiment :

– Vous voyez mère, ce que femme veut...

Mère... femme...

Deux bonheurs se sont réunis.

Chapitre 19

Si Guillou est mon amie de cœur, celle que l'on se fait sur les bancs de l'école, à l'oreille de laquelle on confie de délicieux et inavouables secrets, chuchote ces petites méchancetés qui vous font vous sentir plus grande, l'amie d'un cœur en formation qui se rassure en se mirant dans son semblable, Nano, elle, était peu à peu devenue l'amie choisie de la maturité.

Quarante années auparavant, c'était elle qui avait accueilli au château d'Aiguillon la timide mariée, au retour de son voyage de noces. Âgée de seulement quelques années de plus que moi, elle m'était apparue comme la sœur aînée dont j'avais toujours rêvé.

Son travail consistait à débarrasser ma belle-mère de tout ce qui la barbait, c'est-à-dire tout ce qui n'était pas sa propre personne et, loin derrière, par ordre de priorité : les cartes, son chien et son mari.

À l'époque, une cuisinière et une femme de chambre la secondaient au domaine, domaine dont Nano et Joseph étaient les poutres maîtresses : lui à la vigne, elle à la maison.

Paul avait deux sœurs aînées qui, sans doute pour échapper à une mère « méga relou », comme dirait si justement ma Marie-Jeanne, s'étaient carapatées le plus loin possible avec leur époux, l'une en Australie, l'autre au Canada.

Seul garçon, de caractère moins affirmé, Paul n'avait jamais songé à se soustraire à la tâche qui lui incombait :

succéder à son père. Ainsi, après nos fiançailles, mes beaux-parents nous avaient-ils aménagé un appartement spacieux dans l'aile inoccupée du château depuis le départ de leurs filles.

Nano m'avait très vite fait comprendre que je devais veiller à ne pas laisser ma redoutable belle-mère me mettre le grappin dessus. Et lorsque Madeleine m'avait proposé de m'enseigner le bridge, j'avais saisi l'excuse de désagréables nausées (conception d'Enguerrand à Venise) pour me dérober. Définitivement sauvée, deux années plus tard, par la venue d'Aliénor (Hôtel des Pins).

L'arrivée de nos deux enfants avait comblé la femme du Médocain de bonheur car Joseph, un comble pour un homme qui cultivait l'arbre de vie, était stérile. Seconde mère pour eux, elle était vis-à-vis des petits la plus patiente des grands-mères avec, sur moi, l'avantage considérable de gouverner aux fourneaux.

Le jour où Antonin et Madeleine n'avaient plus régné que dans le cadre doré du salon, étant personnellement encline à penser que l'âme des anciens propriétaires continue à rôder dans les lieux qu'ils ont habités, j'avais préféré demeurer dans mon aile. C'est donc Enguerrand qui avait emménagé dans celle du fondateur du domaine où Lise avait réglé le problème de l'âme en foutant tout par terre et en arrangeant les lieux d'une façon qui, au pire, faisait se retourner Madeleine dans la tombe, tout en lui retirant la possibilité de revenir hanter des murs qui n'existaient plus.

Huit heures n'avaient pas sonné ce vendredi 13 août lorsque j'ai débarqué à la cuisine d'où s'échappait une bonne odeur de café.

Il n'y avait plus, pour seconder Nano, ni femme de chambre ni cuisinière, mais une batterie de machines ménagères et, chaque jour, une jeune fille du pays venait aider à l'entretien de la maison. Les soirs de réception, elle servait à table, ce qu'en aucun cas je n'aurais demandé à l'amie de maturité.

Petite et ronde, cheveux d'argent, Nano n'avait rien fait pour gommer son âge et cela lui donnait une douceur. D'autant qu'acceptant la vie telle qu'elle était, son visage avait échappé aux fameuses rides dites « d'amertume ».

Elle disposait le bol du petit déjeuner, que Paul tenait à prendre sur l'antique table de chêne dans les rainures de laquelle il adorait extraire les miettes de pain au moyen d'une fourchette, bien sûr irrécupérable (délicieux souvenir d'enfance).

– Vous voilà déjà prête ? a-t-elle constaté en me découvrant tout habillée.

Si Nano avait accepté de m'appeler par mon prénom, il n'y avait rien eu à faire pour qu'elle me tutoie.

J'avais préparé ma réponse.

– Je vais profiter de la fraîcheur pour faire quelques courses en ville. Que puis-je te rapporter ?

Je me dirigeai vers la porte, les clés de ma « brouette » à la main. Elle m'a arrêtée, indignée.

– Vous n'allez quand même pas partir sans rien manger ?

Je suis revenue sur mes pas.

– OK, mais alors vite, s'il te plaît.

– Vite... vite...

Lorsque j'ai été assise devant mon bol, Nano a rempli les pots de café et de lait chaud. Puis, sans me demander mon avis, elle a coupé une épaisse tranche de pain bis qu'elle a mise à griller.

– Alors comme ça, la famille va se retrouver au complet, a-t-elle constaté avec satisfaction. Si j'ai bien compris, Aliénor et ses petits seront là pour dîner ?

J'ai acquiescé.

– Sept couverts avec Enguerrand. Lise et les siens ne rentrent qu'après le week-end de l'Assomption.

Je ne pouvais m'empêcher de tendre l'oreille au cas où Paul aurait la mauvaise idée de se lever plus tôt que de coutume et émettrait le vœu de m'accompagner à Bordeaux.

La tartine a jailli du grille-pain. Nano l'a placée dans une serviette, puis elle a disposé devant moi beurre, confiture et miel. Je n'ai pas osé lui dire que je n'avais pas faim.

– Pour le dîner, qu'est-ce que tu prévois ? ai-je demandé.

– Des poulets et des pommes sautées. Avec un bouquet de haricots verts frais pour satisfaire tout le monde. Côté dessert, il y en a pour une armée dans le congélateur.

Elle a ri. Sitôt arrivée, Aliénor avait dévalisé le rayon « glaces et sorbets » du supermarché. Nano avait dû se faire aux goûts des petits New-Yorkais. Telle que je la connaissais, elle prendrait son temps pour les faire évoluer. Par exemple ce soir : des pommes sautées plutôt que des frites surgelées.

La porte donnant sur la cour s'est ouverte et Joseph est entré, suivi de Jo qui a trotté vers moi, la queue frétillant de bonheur. Je le soudoie en le nourrissant en cachette.

– Bonjour, madame Paul. Le soleil risque encore de taper aujourd'hui !

– C'est ce qu'il me semble, MONSIEUR Joseph.

Il a ri. Lui, il n'y avait rien eu à faire pour qu'il m'appelle par mon prénom et, chez les Aiguillon, on avait gardé la déplorable habitude de nommer les femmes par celui de leur mari.

Tandis qu'il se rafraîchissait à l'évier sous l'œil maternel de Nano, j'ai glissé en douce un morceau de sucre à Jo qui m'a remerciée avec des yeux enamourés.

Huit heures quinze. Enguerrand ne tarderait pas à descendre. Notre œnologue suivait de près la maturation du grain, enregistrant jour après jour avec le Médocain la teneur en sucre, acidité et tanin, au moyen d'échantillons qui permettraient de définir la date des vendanges. Si le soleil continuait à « taper » ainsi, il se pourrait bien qu'elles aient lieu cette année plus tôt que les précédentes.

– Voulez-vous que je vous sorte la voiture ? m'a proposé Joseph en désignant mes clés sur la table.

– Il me semble que vous avez mieux à faire, ai-je répondu. Je m'en tirerai.

Il a disparu, Jo sur les talons.
– Une autre tartine ? a proposé Nano.
J'avais déjà eu du mal à finir la première. Et n'avais-je pas entendu une porte claquer à l'étage ?
– Non merci. Je vais y aller.
Je me suis levée.
– Vous pourrez me rapporter de la baguette fraîche et une brioche pour les petits demain, a dit Nano. Vous serez rentrée pour déjeuner.
Là aussi, ma réponse était prête.
– Je ne suis pas sûre. J'appellerai.
J'ai marché vers la porte, une soudaine lourdeur au cœur. Avec l'amie de maturité, j'avais tout partagé depuis très exactement quarante ans. Les bons et les mauvais jours, les orages sur la vigne et ceux sur la vie. Nous nous comprenions à demi-mots, et même sans mots du tout car jamais elle ne se serait permis de m'interroger.
Pour la première fois, je lui cachais l'essentiel.
À moins que Marie-Jeanne ne lui en ait parlé, elle ne pouvait connaître l'existence de Florian. Le soir où il avait débarqué sur sa moto – un dimanche –, elle était de sortie. Cela m'aurait étonné que Monsieur du Tilleul lui ait fait des confidences. Elle en avait déjà bien assez avec celles de la vigne. Et si j'écoutais souvent Schubert, j'étais fan du musicien avant d'aimer son interprète.
Pourtant, lorsque avant de sortir, je lui ai demandé : « La brioche et le pain frais, rien d'autre, tu es sûre ? » et qu'elle a répondu : « Rien ! À part vous, la petiote. Ça suffira », j'ai compris qu'elle savait.

Chapitre 20

À bientôt dix heures, la pièce à musique baignait dans l'obscurité et le silence. J'ai laissé mes sandales près de la porte que j'ai refermée tout doucement.

Je n'étais encore jamais venue le matin chez Florian. Mes visites « Découverte des trésors de Bordeaux » – pardon, Paul – avaient lieu l'après-midi, deux fois par semaine. Et comme mon pianiste se plaignait d'être en manque, et que je l'étais tout autant, sous prétexte d'une course à faire, et tenant compte des horaires de ses répétitions, je m'arrangeais pour effectuer par-ci par-là des petits sauts, qu'il appelait en rugissant « tes petits coups » et dont il me punissait délicieusement.

Un jour, Paul m'ayant avertie qu'il dînerait à son cercle, j'étais restée jusqu'à onze heures du soir. Florian avait improvisé un souper au nid, souper composé d'œufs, bien entendu, saumon et esturgeon, orange et noirs : une folie dont il avait prétendu avoir les moyens, dégustée avec de la vodka.

Et pour être certain que mon retour se passerait bien, il m'avait escortée à moto jusqu'aux portes du domaine et, un bref instant, je m'étais sentie reine de la nuit.

Ce vendredi 13 août, nous avions rendez-vous à quatre heures. Gérard irait chercher Aliénor et les garçons à la gare, dans la voiture qu'il avait louée à sa descente d'avion. Ils seraient probablement à la maison dès six heures. N'ayant aucune excuse valable pour expliquer mon absence et craignant la réaction de Florian si je le décommandais par téléphone, l'idée m'était venue de le surprendre à son réveil. Il se couchait toujours trop tard, disait-il, pour travailler le matin.

C'est ce que nous allions vérifier.

Le salon était un champ de bataille jonché de canettes vides, vaisselle diverse et cendriers pleins, le tout imprégné d'odeur de tabac. Qu'en pensiez-vous, camarade Miroir ?

« J'en ai vu d'autres », m'a-t-il répondu.

Mon regard a volé vers l'amoncellement de coussins. C'était bien là que Florian dormait. Après le départ de ses parents, il avait fait abattre la plupart des cloisons de l'appartement, ne gardant qu'une salle de bains et une cuisine de poche, créant sa « pièce de musique » où trônait le beau piano noir.

L'Erard près duquel l'enfant écoutait chanter sa mère ? Le clavier où l'adolescent s'était essayé sans succès à l'accompagner ?

Comme je me dirigeais sur la pointe des pieds vers son abri, soudain une crainte m'a traversée : « Et s'il n'était pas seul ? »

« Quand tu voudras, jour ou nuit, jour ET nuit », m'avait-il dit en me remettant la clé.

J'ai poursuivi.

Il dormait dans le nuage, mince, lisse, abandonné. Un superbe et ineffable présent du ciel offert à moi alors que je n'attendais rien, que je cheminais le long des sentiers battus, plutôt heureuse et en paix avec moi-même, totalement impréparée à aimer et à souffrir, car comment éprouver un bonheur si brûlant sans douleur ?

Je suis tombée sur mes genoux et j'ai commencé à me dévêtir. Nano avait-elle remarqué que depuis quelques semaines – quelques semaines seulement ? – je privilégiais les robes et les jupes, plus faciles à retirer que le pantalon et qui donnent mieux l'impression de s'offrir, s'ouvrir, en même temps que les mains impatientes d'un homme en écartent les pans, comme on fend un fruit, puis en approche les lèvres et le respire, et goûte aux larmes de la vigne, car on parle ainsi de la vigne lorsqu'elle pleure sous l'ardeur du soleil.

Je n'étais pas arrivée au dernier bouton qu'un grognement féroce est monté du nuage et que deux bras m'ont transportée au ciel.

– Quel culot ! Faire la famille buissonnière un vendredi 13. Le jour où les astres mijotent là-haut leurs sales petits coups à eux, s'amuse Florian.

À la terrasse de « notre » café, place du Parlement, il dévore les œufs au bacon de son brunch, tandis que je picore dans ma salade de la mer : langoustines, crevettes, chair de crabe, croquante batavia.

Après avoir laissé un message sur le répondeur du salon pour avertir que je ne rentrerais pas déjeuner, je lui ai raconté l'arrivée-surprise de notre gendre et le retour de sa famille ce soir.

Lui m'a décrit le groupe d'amis débarquant cette nuit chez lui : « Ils passent dans la rue et lèvent le nez. S'ils voient de la lumière, ils montent. »

Aucun voisin revêche n'étant là pour appeler la maréchaussée, ils avaient fait la fête, chanté et dansé jusqu'à cinq heures bien sonnées. De jolies Terriennes lui avaient offert leurs corps de rêve mais, ligoté par une étoile filante qui ne cessait de patrouiller dans son cœur, il s'était refusé à elles.

– J'espère bien !

Une petite armée de touristes japonais envahit la place, appareils photo au poing, ils mitraillent la fontaine, les fenêtres aux mascarons, notre terrasse de café. Florian entoure prestement mes épaules de son bras, me serre contre lui.

– On leur demande de nous prendre en photo ? Qu'est-ce que tu dirais de trôner au pays du Soleil-Levant à côté de l'Honorable Fils du Ciel, j'ai nommé l'Empereur ?

Il rit.

Je me dégage.

- De quoi as-tu peur, l'Étoile ?
- Imagine qu'une de mes bien-pensantes connaissances passe par-là.
- On l'invite à se joindre à nous. On la transforme en mal-pensante.

Son rire à nouveau.

Peu à peu, le garçon désespéré de la balancelle laisse place à un homme sûr de lui. Il lui arrive même de se plaire à jouer les machos avec sa « pauvre ignorante ».

Et depuis combien de temps l'enfant fragile n'a-t-il pas évoqué sa mère ?

Suis-je en train de panser les plaies ?

Celle faite à son orgueil de mâle par Roxelane ? La blessure infligée au fils par une mère plus soucieuse de sa carrière que de lui exprimer de la tendresse ?

Dans le regard de Florian, qui parfois m'échappe encore pour se perdre dans des lointains que je ne connaîtrai jamais, il me semble voir s'ouvrir des ailes.

Il repousse son assiette, termine sa tasse, s'étire.

- Moi, j'ai deux nouvelles à t'annoncer, déclare-t-il. Une bonne et une mauvaise. Une mauvaise qui peut se transformer en bonne, comme pour *New York, New York*. Tu me suis ?
- Pas vraiment.

Il soupire.

- Décidément, il faut tout lui expliquer à cette petite ! La bonne nouvelle, c'est que je pars ce soir pour Pau, remplacer un copain tombé pâle. Deux jours et deux nuits de musique non-stop sous les palmiers et les bananiers du boulevard des Pyrénées. La mauvaise nouvelle, c'est que je n'aurai pas le temps de rentrer pour faire l'amour à mon étoile. Et enfin, la bonne, qui peut sortir de la mauvaise, c'est que le copain que je remplace était attendu avec sa copine alors j'ai le droit d'emmener la mienne. Qu'est-ce que tu dirais d'un grand lit dans un hôtel donnant sur la montagne ? Ton casque est prêt sur ma moto.

Il est sérieux. Il m'emmènerait.

- Et mon mari ?

– Il se consolera avec Carrie.
– Et mes enfants ?
– C'est l'adultère qui te gêne ? Tu divorces aux torts de « Sex and the City » et on régularise.
– Vieux jeu.

Je ne lui parlerai pas de mes petits-enfants. C'est un sujet que j'évite, pas pour les mêmes raisons que Guillou. Parce qu'il arrive que leur regard confiant me rattrape quand je suis avec mon amant.

« Mamie-Thé, raconte-nous une histoire. »

Il en est, bien que superbes, qu'ils ne pourraient comprendre.

Il ne faudra pas que j'oublie de prendre la brioche avant de rentrer à la maison.

Les touristes japonais sont repartis. Finalement, cela ne m'aurait pas déplu de trôner à côté de l'Honorable Fils du Ciel.

J'ai laissé Florian m'offrir le déjeuner. La première fois que nous étions allés ensemble au bistro, alors que je sortais mon porte-monnaie, il s'était mis en colère.

– Qu'est-ce que tu crois ? Que je vais accepter la thune de ton jules ? Je gagne ma vie, pas toi. Il faudra que tu t'habitues à être une femme entretenue.

Geisha ?

Chapitre 21

Dans le roman qui portait mon nom, mon parrain avait écrit : « Les flammes choisissent les pins, jamais les hommes. »

Et ce soir où, à la maison, on célébrait le retour d'Aliénor et de ses garçons autour d'un bon repas mijoté par Nano, faisant semblant de participer à la joie générale, je brûlais corps et âme.

Les heures passées dans les bras de Florian n'avaient pas assouvi mon désir. Mon corps ne l'en réclamait que davantage, tandis que ses paroles enflammaient mon âme.

« Tu viens ? Ton casque est prêt sur ma moto. »

Et aussi : « On régularise. »

Ces folles paroles.

Bronzés à souhait, à la fois si semblables et si différents, passant sans difficulté de l'anglais au français, mélangeant allégrement les accents, nos jumeaux étaient les petits princes de la fête.

Comment cela se passerait-il à l'école où l'active Aliénor avait déjà réussi à les inscrire ?

« L'Amérique, c'est plus cool », avaient-ils dit à Marie-Jeanne.

Leur mère ne leur avait pas encore annoncé qu'ils n'y retourneraient pas. Sagement, elle les avait tenus à l'écart des turbulences familiales. Et, ce soir, leur seul regret était d'avoir dû abandonner trop vite les châteaux de sable et la pêche à la crevette sur la plage de Carnac. Ils se consolaient en faisant avec leur papa des plans pour leur anniversaire tout proche, le 18.

Cinq bougies.

– Et le dernier anniversaire que nous avons fêté ici ? Combien y en avait-il ? a demandé Paul avec sa délicatesse habituelle en m'adressant un clin d'œil.

– Soixante, a répondu la tablée en chœur.

Soixante baisers.

Où était Florian ? Bordeaux-Pau, deux cents kilomètres. Deux heures de route à moto ?

Était-il à l'hôtel donnant sur la montagne, dans la chambre au grand lit qu'il m'avait proposé de partager ?

À moins qu'il ne soit déjà au piano.

Lorsqu'il jouait, il y avait ce moment que j'aimais particulièrement où, le morceau terminé, il détachait ses mains du clavier et les relevait très lentement, comme pour retenir un peu la musique avant de la libérer.

Ses mains demeuraient constamment au-dessus de moi.

C'est à la table du petit déjeuner, partageant la brioche tiédie à laquelle les jumeaux avaient préféré des céréales chocolatées, qu'Aliénor nous a annoncé, de la voix alanguie d'une femme que sa nuit a comblée (satisfaction confirmée par les cernes sous ses yeux), qu'une fois la rentrée des classes effectuée, elle rejoindrait son mari à New York pour être à ses côtés lors des nombreuses *parties* d'adieu organisées en leur honneur, et mettre en train le déménagement.

Les parents de Gérard, bordelais, retraités de l'enseignement supérieur et qui venaient de rentrer d'un long voyage en Chine, avaient donné leur accord pour prendre leurs petits-fils chez eux durant son absence.

– J'avais pensé te les confier, maman, mais côté trajets à l'école, ça serait galère pour toi, alors qu'eux se feront une joie de les y conduire. En revanche, vous pourrez les accueillir pendant le week-end.

– Avec quelle joie ! s'est enthousiasmé Paul.

Le retour de sa fille le comblait. Depuis que Gérard avait débarqué, il ne décollait pratiquement plus de la maison, délaissant son cercle. À moins que Carrie ne soit partie prendre l'air avec des amis de son âge.

Comme Florian ?

– J'ai l'intention de me mettre dès lundi à la recherche d'une maison, a poursuivi Aliénor. Jardin obligatoire. Maman, tes visites à Bordeaux, elles sont organisées par qui exactement ? Les responsables doivent tout connaître des coins et des recoins de la ville. Tu pourrais leur en parler ? On ne sait jamais.

– Bien sûr.

Il était midi, j'écoutais un peu de musique classique à l'abri de ma chambre, lorsque enfin mon mobile a sonné. Un trop grand bonheur a fait exploser mon cœur.

– C'est magnifique ! Musique et fleurs partout. Musique en fleur. Un groupe super, une chambre royale, un lit à caresses. J'ai dormi la fenêtre ouverte au cas où une étoile filante me tomberait du ciel. Et qu'a-t-elle fait de beau, l'Étoile ?

– Elle a filé du noir en pensant à toi.

– Ça lui apprendra à dédaigner le Chevalier du Clair de lune.

– Tu rentres quand ?

Ignorant à quelle heure il terminerait demain, Florian n'a pu me répondre.

– De toute façon, tu me réserves lundi. Sans compter tous les autres jours, bien sûr.

– Bien sûr.

Lundi, Lise, Marie-Jeanne et Merlin nous revenaient de Bretagne en fin d'après-midi. Mercredi, nous fêterions l'anniversaire des jumeaux. Jeudi, Gérard reprendrait l'avion pour les États-Unis.

Petite chronique de la vie ordinaire sur la planète d'Aiguillon.

Si loin de celle de Florian.

Et moi, sur laquelle me trouvais-je ?

Voguant entre la planète famille et celle du Chevalier du Clair de lune.

Mon portable n'a plus sonné durant cette journée de samedi.

Il est resté silencieux dimanche matin.

À midi, je n'ai plus résisté. J'ai envoyé un SMS.

« Et alors ? »

Le « Et alors ? » impatient des enfants lorsqu'on leur raconte une histoire qui à la fois les ravit et les épouvante.

Florian n'a pas répondu.

Où était le jeune homme impatient qui, il y a quelques semaines, ne cessait de faire vibrer le fil doré entre Bordeaux et l'Hôtel des Pins ?

Qu'avais-je pu dire, sans le vouloir, qui l'aurait détourné de moi ? Je ne cessais de passer et repasser dans ma tête notre déjeuner place du Parlement. À moins que, loin de Bordeaux, ses yeux se soient dessillés sur la femme si peu disponible, si soucieuse de n'être pas vue en sa compagnie. Comme honteuse de l'aimer ?

Aurais-je dû trouver un prétexte pour le suivre ? Allons, je savais bien que c'était impossible.

Sa voix enthousiaste ne cessait d'écorcher ma mémoire.

« Un groupe super. »

Et si, dans ce groupe, se trouvait une fille ?

Si tu ne m'aimais plus ?

– Ça ne va pas, maman ? Tu as l'air fatiguée.

– Je ne dors pas très bien. La chaleur...

Thérèse au pays de la soif.

En fin de soirée, dimanche, le ciel s'est couvert, un vent s'est levé qui sentait la pluie.

Depuis combien de temps n'était-elle pas tombée ? De la terre assoiffée montait, comme une prière, l'attente d'une délivrance. Au domaine, tous les regards se portaient vers l'Atlantique : pas la grêle surtout, pas la grêle !

Thérèse, au bûcher du désir et de la solitude, souhaitait, dans le roman qui portait mon nom, un orage qui engloutirait tout, les pins, la vigne et le jugement des hommes.

Mon cœur, ma chair le réclamaient.

Il est passé au loin.

Je me suis couchée sans nouvelles de Florian, brûlant de l'appeler, me l'interdisant. Il devait être occupé à jouer.

Tes mains.

Quelle que soit l'heure où, demain, il souhaiterait me voir, je me suis jurée de me libérer.

Mais souhaiterait-il me voir ?

Je me tournais et retournais dans mon lit sans parvenir à m'endormir lorsque mon portable a vibré sous mon oreiller.

– Va vite à la fenêtre.

Ta voix.

J'ai couru.

La balancelle oscillait sous Monsieur du Tilleul.

Chapitre 22

Il dit :
– Bonjour, l'Étoile.
Je ne peux pas parler, pas un mot, le cœur dans un étau, la gorge bloquée. On peut mourir de bonheur, oui.
Il désigne mon T-shirt soleil, approuve.
– C'est bien.
Comment saurait-il que depuis « cette nuit-là », il ne s'en est passé aucune où je ne l'ai mis avant de me coucher. À force de lavages, les rayons commencent à se décolorer.
Lui porte un blouson de cuir d'aviateur, largement ouvert sur une chemise blanche.
Le casque a lissé ses cheveux, le poète a perdu ses boucles. Cela lui donne un visage moins doux. Plus viril ?
Entre les nuages qui courent, la lune blanchit vaguement la nuit. Un peu de lumière nous vient aussi de la lampe-tempête allumée sur le perron.
Où Florian a-t-il laissé sa moto ? Je n'ai rien entendu.
La pluie ne s'est pas décidée à tomber mais le temps a fraîchi. Les feuilles du tilleul répondent au vent par un bruit de papier froissé.
Il parle tout contre mon oreille. Il sent la route, l'espace, la vitesse, demain.
– Mon étoile m'a manqué, gronde-t-il. Je l'ai cherchée dans tout le corps céleste. Je n'ai trouvé que des trous noirs.

– Ton étoile était au fond d'un trou noir. Elle avait peur de ne plus te revoir.

Cette grosse voix d'une petite fille qui s'est crue abandonnée dans la forêt, cette voix d'une femme que l'amour étrangle, est-ce bien la mienne ? Le temps s'enfuit, le cœur reste le même.

L'aviateur laisse glisser son corps en avant, donne un coup de pied rageur sur le sol, la balancelle se met en mouvement. Sans plus me regarder, il renverse son visage, chantonne les paroles du lied de Schubert « Ici, tu trouveras le repos », s'indigne.

– Merci pour le repos ! C'est gagné, Monsieur du Tilleul. Elle m'a ligoté avec ses rayons, plus moyen de faire la fête sans elle : un poisson mort.

Et soudain, il abat la tête dans mon cou, y loge son visage, y fouit ; me mordille entre deux rires. Je frissonne.

Derrière moi, il y a la maison, les six fenêtres aux volets clos des chambres où dorment les miens. Il suffirait que Paul, ou Enguerrand, ou Gérard aient l'idée de pousser ces volets afin de profiter d'un peu de fraîcheur pour qu'ils distinguent deux formes sur la balancelle.

Je ne bouge pas.

– C'est vrai que, cette nuit-là, on ne pouvait pas dire que j'étais fringant, reprend Florian, en étouffant un nouveau rire. Réduit à rien, le garçon. Zéro. Et regarde ce qu'elle a fait de moi, le Tilleul.

Cette fois, il attrape ma main et la pose sur lui, durci. Nous nous sommes si souvent amusés de ce « rien » transformé en dague. Si souvent, l'homme victorieux s'est vengé du garçon bafoué. Revenant au point de départ, me mettant en péril, que cherche-t-il ? Est-ce un défi lancé à ceux qui, m'empêchant de le suivre à Pau, l'ont privé de fête ? Ou tout simplement un jeu, l'une de ces joyeuses punitions qu'il aime à infliger à « l'ignorante » ?

Dire que j'ai eu peur que tu ne m'aimes plus !

Il libère ma main. Je devrais la retirer. Je la laisse et le caresse.

Il y a plusieurs sortes de peurs. Celle d'avoir perdu Florian a été si cruelle, si mortelle, j'en demeure si affaiblie qu'elle masque la peur de me perdre moi-même.

Et je ne bouge pas lorsqu'il soulève mon T-shirt, me renverse sur les coussins. Mais soudain, un bruit pressé de pas, une course légère, partout des chuchotements, comme de soulagement, et c'est la pluie, le rideau dense, serré, d'une ondée qui nous trempe en quelques secondes.

Le ciel l'a voulu ! Main dans la main, nous courons vers les anciennes écuries. Tiens, la voilà, la moto de mon chevalier, appuyée contre le mur, le casque luisant sur le siège. J'attends pour allumer d'avoir refermé la porte sur nous. On dirait que tout le soleil de ces journées d'attente s'est caché dans ce nid immense de paille et de poutres. Je tremble toute.

– Enlève-moi ça, ordonne Florian.

Je jette au loin mon T-shirt trempé, il laisse tomber blouson et chemise, me soulève dans ses bras, virevolte sur lui-même, s'étonne.

– Et mon piano ?

Nous l'avions loué pour l'occasion. La longue table de bois où les ouvriers agricoles prennent leur casse-croûte de midi l'a remplacé. Quelques assiettes, verres et tasses y sont disposés. Le petit frigo est en marche. Ils arrivent généralement vers six heures : bientôt.

Je conduis Florian vers les canapés disposés le long du mur, ceux qu'Enguerrand et Aliénor, à l'âge des « cabanes », transformaient en pirogues, radeaux ou canots de sauvetage. À moins qu'ils n'en fissent des tapis volants sur lesquels ils appareillaient vers des contrées magiques, interdites aux adultes. Et, avant eux, Paul et ses sœurs avaient fait de même. Et ainsi font font font nos petits-enfants d'aujourd'hui.

Ces deux volumineux paquets-cadeaux, cachés sous l'escalier, là-bas, contiennent les vélos que les jumeaux recevront mercredi pour leur anniversaire. Un gâteau chacun, bien sûr, sinon ce ne serait pas juste. Orné de cinq petites bougies bleues torsadées qu'ils souffleront d'un coup, sous les applaudissements des adultes, impatients d'avoir l'âge de raison, de devenir grands, pour obtenir davantage de permissions, en attendant le jour où ils croiront les avoir toutes, sans se douter qu'il existe des choses défendues, même lorsqu'on a sur son gâteau d'anniversaire beaucoup plus de bougies que d'années qu'il vous reste à vivre. Des choses interdites qui vous transforment en glorieuse hors-la-loi, vous conduisant au bord de précipices où vous rêvez de vous jeter, dans des mers déchaînées que vous suppliez de vous engloutir. Des fêtes brûlantes qui rassemblent en une même et unique flamme tous vos anniversaires passés.

À cinq heures, j'ai réveillé Florian. Je craignais qu'il ne proteste, il l'a fait avec un cri du cœur qui m'a bouleversée.

– Pourquoi ?

Pourquoi devions-nous nous séparer ? Pourquoi refusais-je d'être toute à lui ? Pourquoi nous sommes-nous rencontrés si tard, mon amour ?

Il m'a aidée à revêtir sa chemise sèche et, lorsqu'il a enfilé son blouson à même la peau, j'ai rêvé de m'y glisser et de devenir lui.

Dehors, la pluie avait cessé de tomber. On n'entendait plus que les gouttes qui s'égrenaient des arbres comme des larmes de reconnaissance, tandis que s'élevaient de la terre brûlée les odeurs d'un désir insatisfait.

Lorsque Florian a mis sa moto en route, les aboiements furieux de Jo se sont élevés de la maison du Médocain, tout près du chai.

– Va vite, mon cœur, ai-je supplié.

À la maison, tout semblait dormir. Laissant sur les marches de pierre la marque humide mêlée de terre de l'aventure interdite, j'ai eu l'impression déchirante d'y dessiner les empreintes du bonheur.

Chapitre 23

Douze personnes autour de la table de la salle à manger. Les rallonges ont été mises, la nappe de fête, brodée par Madeleine d'Aiguillon, sortie de son papier de soie.

Il lui avait fallu, racontait-elle, toutes les soirées d'un long hiver pour venir à bout de la centaine d'œillets rose-violet qui serpentent autour de nos couverts.

L'amour rendrait-il indulgent ? Je n'en veux plus à ma belle-mère. J'imagine le dé en argent, l'aiguille perçant le tissu, la fleur prenant forme, et je me contente de la plaindre. Ses « saintes » colères envers celles qui pratiquaient une sexualité libérée (sans jamais prononcer le mot dégoûtant, bien sûr), assorties de regards meurtriers en direction de son bon vivant de mari, m'avaient rapidement fait comprendre que durant son demi-siècle de mariage elle avait gardé un corps en hiver. Pauvre Madeleine, partie sans avoir éprouvé ce doux élan de reconnaissance qui, au sortir du plaisir, vous pousse à dire « je t'aime », comme on dirait « merci » à celui qui vous l'a donné, tout en vous incitant à l'indulgence envers ceux qui succombent au délicieux péché de la chair.

Les parents de Lise ont été conviés à partager avec nous le déjeuner d'anniversaire de leurs petits-fils. À ma droite, le professeur Raymond Monnier, rond et décontracté. À celle de Paul, le mince et vif professeur

Régine Monnier. Tous deux agrégés d'histoire ont enseigné à l'université de Bordeaux et profitent de leur retraite pour écrire et voyager.

Est-ce pour leur faire plaisir qu'Aliénor a donné à ses jumeaux les prénoms des fils de la duchesse d'Aquitaine ? Ils se sont contentés de souhaiter qu'ils aient de meilleurs rapports que les frères ennemis : Richard Cœur de Lion et Jean sans Terre. Jusque-là, ils ont été exaucés. Bien que de physique et de caractère différents, presque opposés, les petits s'entendent comme larrons en foire.

Rentrés seulement lundi de leur périple en Chine, les Monnier n'ont rien su du sacrifice imposé à Gérard par notre fille. Nous avons été priés – tout étant bien qui finit bien – de ne pas leur parler du « couteau sous la gorge ». Ainsi leur bonheur de voir le couple s'installer à Bordeaux en début d'année prochaine est-il complet.

Il est d'usage chez nous que les enfants dont on souhaite l'anniversaire choisissent leur menu. Nos New-Yorkais ayant opté sans hésiter pour « steaks hachés chips ketchup mayonnaise Coca », nous en avons établi un second pour les adultes : des homards grillés aux herbes, accompagnés de la délicieuse purée parfumée à l'huile d'olive de Nano.

Tandis que je me bats avec une pince, je sens sur moi le regard de Marie-Jeanne. Le soleil breton nous l'a dorée à souhait. La natte a blondi. Les yeux semblent plus clairs derrière les montures vertes des lunettes. Lundi soir, à son arrivée, elle a jailli de la voiture de sa mère pour courir se jeter dans mes bras.

– Dommage que tu sois pas venue, mamie-Thé.

« Dommage »...

Le premier SMS de Florian à l'Hôtel des Pins.

– Regarde ce que je t'ai rapporté.

Soigneusement enveloppée dans du papier journal, une étoile de mer aux couleurs passées.

... comme les rayons d'un T-shirt soleil, égaré durant une folle nuit de retrouvailles ?

Aux dires du Médocain, cette nuit-là, un vagabond s'est introduit dans les anciennes écuries pour s'abriter de la pluie. C'est Jo qui a donné l'alerte. On a retrouvé un creux humide dans l'un des canapés. Apparemment, rien n'a été dérobé. Depuis, on ferme à clé.

Mais voici le grand moment ! Tandis que nous entonnons l'inévitable « *Happy birthday to you* », Marie-Jeanne et Merlin avancent à pas comptés vers les héros de la fête, leurs yeux fixés sur les flammes hésitantes des bougies qui ornent deux gâteaux identiques. Conseillés par leurs cousins, ils ont en effet choisi le même : mon célèbre « manqué au chocolat », légèrement brûlé dessus, pas tout à fait assez cuit à l'intérieur. La merveille de l'imparfait !

Et comme sous les applaudissements les bougies sont soufflées d'un coup, une grand-mère sent brûler en elle la haute flamme allumée par le vagabond.

Assis sur le sol du salon, dans un fouillis de papier-cadeau déchiré, près de leurs vélos neufs, deux petits garçons sont en pleurs.

Leur père vient de leur apprendre qu'il s'envolerait demain sans eux pour New York.

Quand leur mère leur a annoncé qu'ils rentreraient bientôt dans une nouvelle école à Bordeaux, les larmes ont redoublé.

Et il y a eu des sanglots mêlés de cris lorsque Régine leur a expliqué qu'en attendant d'habiter une super-maison avec un jardin, ils logeraient dans son appartement, près de ladite école, où elle les conduirait chaque matin.

Devant leur désespoir, Aliénor n'a pas osé leur révéler qu'après la rentrée des classes, elle repartirait à son tour pour les États-Unis, les laissant aux soins de leurs grands-parents.

Et voici qu'en un même élan les garçonnets se tournent vers moi. Pas difficile de lire dans leurs regards : ici aussi, ils ont un grand-père et une grand-mère. Et, en plus, deux cousins qu'ils adorent. Sans compter le jardin où ils pourront s'exercer sur leurs vélos neufs.

« Pourquoi on peut pas habiter chez toi ? »

Les regards de Marie-Jeanne et de Merlin se joignent à la supplication. Paul incline légèrement la tête pour donner son accord. Hier encore, j'aurais ouvert mes bras. Aujourd'hui, je ne vois qu'une chose : les conduites à l'école qui m'empêcheront de rejoindre Florian, les leçons à réviser, le congé du mercredi, tout ce qui me privera de mes quelques heures... de péché.

Je garde le silence.

Régine me sauve.

Dans son appartement de Bordeaux, elle a préparé pour ses garçons chéris une chambre magnifique avec plein de surprises et des lits superposés sous lesquels ils pourront s'aménager une cabane. Tout près de l'école se trouve un grand parc où leur grand-père fera du vélo avec eux. Ils auront le droit d'inviter autant d'amis qu'ils le souhaiteront. Et puis ? Et puis tout simplement elle se fait un tel bonheur de les avoir !

La cabane, le vélo avec leur grand-père, les amis et les bisous-chatouilles de cette grand-mère-là font sécher les larmes. Déjà, Richard et Jean-Robin se disputent pour savoir lequel aura le lit du haut.

Le regard de Paul sur moi est déçu, ceux d'Aliénor et de Lise étonnés, Marie-Jeanne a détourné les yeux.

Chapitre 24

Quand mon père me disait « Je t'emmène à Loupiac, tu dormiras chez ton papi et ta mamie », un grand souffle chassait de ma poitrine les nuages qui m'empêchaient de respirer à fond.

Chez papi et mamie, c'était la maison en pierre du troisième petit cochon de l'histoire, celle où le malheur ne pouvait pas entrer, où le loup était apprivoisé.

Son mouchoir en boule dans la main, mamie Jeanne me montrait des photos bordées de dentelle où je découvrais qu'avant d'être tout le temps malade – chut, pas de bruit ! –, maman avait été une petite fille qui, comme moi, faisait du bruit et des bêtises. Et là, maintenant, elle m'envoyait des bisous du ciel.

Avec papi Gustave, levés en même temps que le soleil, nous faisions chaque matin la tournée-inspection du Royaume de Sémillon, veillant à ce que tous nos sujets soient en forme, les appelant par leur prénom. Et, pour clore la promenade, le loup de Loupiac ne manquait jamais de croquer un morceau de joue de la princesse Anne.

Les vacances d'été venues, c'étaient les baignades dans le ruisseau près de la maison, qui, un peu plus loin, se jetait dans la Garonne.

– Reste au bord, gare à ne pas te laisser emporter, me recommandait mamie Jeanne.

Après le bain, nous nous installions à l'ombre des peupliers trembles, ainsi appelés parce qu'un simple frôlement de libellule suffit à mettre leur feuillage en émoi. Et je dévorais les tartines beurrées de mon goûter sur lesquelles fondait la barre de chocolat.

Qu'aurait dit la petite fille, sanglée à l'arrière de la voiture noire de son père, qui ne cessait de demander « Est-ce qu'on est bientôt arrivés ? », si elle avait pu se douter qu'un jour, devenue grand-mère à son tour, elle referait la route du bonheur sur une moto, les bras passés autour d'un amour interdit ?

Ce matin, en arrivant chez Florian, je l'ai trouvé prêt au départ. Avec le sourire d'un gamin préparant un sale coup, il m'a tendu un jean et un pull marin.
– Mets ça !
Docilement, j'ai laissé tomber ma jupe et enfilé le jean. Il était beaucoup trop long et me serrait à la taille. Pour le pull, j'ai hésité. En cette fin de mois d'août, le soleil ne désarmait pas. Seules les nuits apportaient un peu de fraîcheur.
– Peut-on savoir ?
– Rien du tout.
Le pull passé sur mon débardeur, Florian a attaché à mes épaules les courroies d'un sac à dos rempli de mystérieux cliquetis.
– C'est quoi ?
– Tu verras bien.
J'ai été priée de saluer le camarade Miroir qui ne m'a pas reconnue. Nous sommes descendus dans la courette où était garée sa moto, et je me suis retrouvée casquée, roulant vers mon enfance.

Que de fois, à la demande de Florian, lui avais-je raconté la maison du troisième petit cochon et le gentil loup de Loupiac. Il montrait, pour les souvenirs de la petite fille, une avidité qui me touchait, comme s'il cherchait à s'approprier un peu de la tendresse qui lui avait manqué. Était-ce l'homme ou le petit garçon qui faisait avec moi le pèlerinage vers mes racines ?

La Garonne serpente au bas de coteaux parés de vignes qui donnent des breuvages d'or et de miel : le sauvignon, la muscadelle, et le meilleur des meilleurs, bien sûr, celui de mon papi : le sémillon.

C'est la route qui mène au domaine d'Aleirac, chez Guillou, dans le Sauternais. Ah ! Guillou, si tu voyais ton amie ! Chez elle, comme ici, les vendanges se feront plus tard que chez nous et elles dureront plus longtemps. Il faudra attendre que le champignon magique ait fait son œuvre, veiller à ce que trop d'humidité ne le transforme pas en pourriture grise, s'occuper du grain grappe par grappe, un travail de bénédictin qui donnera, au final, « le nectar des dieux ».

Rions, Begey, les villages se succèdent. Lorsque à Cadillac, mon père quittait la route macadamisée pour s'engager dans un chemin à nids-de-poule, je savais que nous arrivions. S'il récitait la fable de La Fontaine : « Dans un chemin montant, sablonneux, malaisé », c'est qu'il était de bonne humeur. « Plus vite, plus vite », scandait alors l'impatiente petite mouche de coche.

« Moins vite », ai-je soudain envie de crier à Florian.

Ce chemin, je ne l'ai pas pris depuis la mort de mes grands-parents, à quelques mois l'un de l'autre : l'amour. Tant d'années s'en sont allées que je préfère ne pas les compter. La maison n'intéressait pas le frère de maman. Je n'avais pas de quoi la reprendre, il avait donc fallu la vendre : un deuil supplémentaire à faire.

Florian a-t-il eu une bonne idée en me ramenant ici ? Comment vais-je retrouver mon village d'enfance et la maison du gentil loup ?

Le soleil brûle comme dans la fable lorsque nous mettons pied à terre, place de l'Église-Saint-Pierre. Ma tête est pleine de vent : celui de la route, celui des chemins d'hier. Sous la corniche de pierre grise, les apôtres de la Cène sont bien là. Vous étiez de la région, mon parrain, et, certainement, vous êtes venu prier ici. Parions que vous vous êtes ému en voyant la tête de saint Jean s'appuyer sur l'épaule du Christ.

Florian attache nos casques au guidon de sa moto. Deux casques liés ensemble, ce n'est rien. Cela peut être tant ! Il me libère du sac à dos.

– Tu me guides, l'Étoile ? Tu m'as bien dit qu'on pouvait aller à pied chez toi ?

Le dimanche, après la messe, nous commencions, mamie Jeanne et moi, par nous arrêter à la boulangerie pour acheter le pain et le gâteau du déjeuner. Il y avait toujours une queue pas possible, mais j'adorais parce que tout le monde s'y disait bonjour. Nous rentrions à la maison par la sente des mûriers et, la saison venue, je dévastais les arbustes pour faire une surprise à papi Gustave, qui n'avait jamais vu autant de si belles mûres dans son assiette.

Les mûriers ont été rasés, la sente est devenue chemin, une barrière trop blanche et luisante a remplacé la haie vive piquetée de roses, une voiture est garée dans la cour. Et là où s'arrêtait la vigne, une piscine a été creusée autour de laquelle sont alignés des transats sous des parasols.

Je ne peux plus respirer.

« Cette petite fille n'aurait-elle pas les yeux plus gros que le ventre ? », s'amusait papi Gustave lorsque je réclamais une part supplémentaire de gâteau, sans me douter que c'était du bonheur que je mangeais, quitte à m'en rendre malade.

Le cœur plus gros que le ventre.

La femme l'a gardé qui, en plus d'abolir le temps dans sa planète derrière les étoiles, voudrait y retrouver ceux que ce temps a emportés.

– Alors, c'est là ? interroge Florian.
– Non !

Je fais demi-tour. Je cours. On n'efface pas le temps, on se met un bandeau sur les yeux pour ne pas le voir passer, on triche et s'illusionne pour pouvoir aimer et être aimé encore un peu.

Florian me rattrape, me bloque contre sa poitrine, me serre à m'étouffer.

– Pardon, mon cœur. Je ne savais pas.

Mon cœur ne voulait pas savoir.

Au moins, le sentier secret qui descendait au ruisseau existait-il toujours, et le bouquet de peupliers trembles a frissonné à notre arrivée.

Nous nous sommes rafraîchis dans l'eau vive, puis Florian a sorti du sac à dos une bouteille de sémillon et une partie du rayon « goûter » de sa boulangerie : rien que du sucré pour la petite fille de Loupiac.

Dans sa peine, la femme a voulu y voir une preuve d'amour.

Tout en picorant, je lui ai raconté l'histoire du vagabond qui s'était réfugié, une nuit de pluie, dans les anciennes écuries. Je n'y avais pas retrouvé mon T-shirt et me demandais s'il ne l'avait pas emporté.

– Cette vieille fripe ? Mais qu'est-ce que j'en aurais fait ? m'a-t-il taquinée.

Je lui ai rétorqué que puisqu'il en était ainsi, je continuerais, pour me venger, à dormir dans la fripe blanche du vagabond.

Soudain, son regard a changé : je l'ai reconnu.

– Viens, a-t-il ordonné.

Mon corps était prêt.

« Reste au bord, gare à ne pas te laisser emporter », recommandait mamie Jeanne.

Ses mains enserrant mes hanches, il m'a soumise au supplice du pal. J'ai quitté le bord du ruisseau, laissé les vagues déferler en moi, crié dans les hauts fonds du plaisir et, dans le temps suspendu, la mort désirée, nous avons chaviré ensemble. Avant de nous endormir, toi en moi, moi toute à toi, bercés par les frissonnements d'ailes de milliers de libellules.

Chapitre 25

Un coup de tonnerre m'arrache au sommeil. Des rafales de vent courbent les branches des peupliers dont le feuillage s'affole. Le soleil a disparu. J'ai froid.

Je me dégage des bras de Florian, me lève et tente de voir, là-bas, vers Bordeaux, vers chez moi. Le ciel est noir, traversé d'éclairs. Orage atlantique ? Ma montre indique plus de quatre heures.

– Florian, réveille-toi, vite, je dois y aller.

Vêtue de mon seul débardeur maculé de terre et d'herbe, je tire sans ménagement les vêtements sur lesquels nous nous sommes étendus. Florian bascule sur le côté. Il rit.

– Tu me vides, l'Étoile ?

– J'ai peur pour la vigne. Si ça tombe, je veux être là.

C'est la petite fille de Loupiac qui parle. Celle qui un jour, au sortir d'un orage de grêle, avait vu sur les joues de son papi couler les larmes de la défaite et du désespoir.

Florian se redresse sur un coude, consulte le ciel.

– Attends... que tu sois là ou pas, qu'est-ce que ça changera ? Et on va se prendre toute la flotte.

– Je t'en supplie.

Je regarde le beau jeune homme nu et, pour la première fois, je me sens loin. Ne ris plus, Florian. Surtout, ne ris plus.

Il se lève d'un bond et descend s'asperger au ruisseau. Sur mon ventre moite de nos amours, j'enfile la culotte de dentelle, le jean trop long, et après avoir passé le pull marin, jette dans le sac à dos, en vrac, tout ce qui traîne. Au loin, les roulements de tambour se succèdent. Une demi-heure jusqu'à Bordeaux, une autre jusqu'au domaine. Arriverai-je à temps ? Vite, Florian, vite !

La pluie tombait en rideau serré sur les rues désertes de la ville, elle assombrissait les visages des mascarons, mordait les dalles de calcaire doré de la place du Parlement où « notre » café avait rentré tables et chaises, et endeuillait le chant de la fontaine.

Florian a arrêté sa moto sur le trottoir, tout contre ma voiture, en bloquant la portière.

Je suis descendue comme j'ai pu et lui ai tendu sac à dos et casque. Il avait relevé la visière du sien.

— On dirait une naufragée. Tu es sûre que tu ne veux pas monter te changer ?

— Sûre. Tu me laisses passer ?

Il n'a pas bougé.

— S'il te plaît, Florian !

Avec une moue, il m'a tendu ses lèvres. J'y ai posé les miennes.

— Maintenant, promets de venir demain, a-t-il insisté. Et attends-toi à être punie.

Une onde de colère m'a traversée. À moins que ce ne soit du désespoir. L'attitude d'un sale gamin. Un gamin irresponsable qui refusait de voir mon désarroi, qui ne pensait qu'à lui. Oui, j'ai pensé cela, moi qui m'émerveillais, quelques heures plus tôt, de deux casques liés ensemble.

Et en promettant, j'ai eu honte de moi, l'impression de m'abaisser. À quoi je jouais ? Il a enfin dégagé ma portière, mes clés étaient prêtes dans ma main, j'ai démarré en soulevant des gerbes d'eau.

Il m'a escortée jusqu'au bout de la rue en klaxonnant. Je ne savais plus où j'en étais ; j'entendais des SOS partout.

On ne jouait pas chez moi.

Sur les vignobles du Haut-Médoc, l'armée de nuages noirs venus de l'Atlantique avançait en grondant, précédée par des bourrasques qui ployaient les douces vagues vertes sous lesquelles on apercevait le grenat des grappes bientôt bonnes à vendanger.

Au fracas du ciel répondait le silence de la nature hypnotisée : la terre assoiffée en attente de vie, en péril de mort.

Il n'était pas tombé une seule goutte au domaine.

Tout le monde était sur le pont : Paul, Enguerrand et Lise, le Médocain, Nano serrée contre sa hanche, les ouvriers agricoles. Sur les visages tendus, les lèvres serrées, on lisait un même dérisoire défi. S'ils avaient pu, si j'avais pu, nous nous serions couchés sur la vigne comme sur un enfant pour la protéger. Jo trottinait de l'un à l'autre en gémissant.

Tandis que je me faufilais jusqu'à mon mari, les regards étonnés m'ont suivie. Mes vêtements trempés, mes vêtements d'homme.

– Tiens, te voilà quand même ! a grommelé Paul. Qu'est-ce que tu foutais ?

– Il pleut des cordes à Bordeaux, ai-je répondu.

Le tonnerre a grondé, fouetté par les éclairs. Le ciel se teintait d'une sale couleur de soufre : la grêle.

Autrefois, espérant la réduire en pluie, les vignerons lançaient des fusées vers les nuages. Autrefois, les cloches des églises sonnaient, en appelant au Seigneur.

Les lèvres de Nano remuaient doucement.

La main de Marie-Jeanne s'est glissée dans la mienne.

– Où étais-tu, Mamie-Thé, grand-père t'a cherchée partout.

Il n'y avait pas si longtemps, alors que nous fêtions la vigne en fleur, ma petite-fille avait prononcé ces mêmes mots, m'arrachant à la plainte d'un jeune homme aux boucles châtains, qui interprétait un impromptu de Schubert.

« Ça va bientôt être le feu d'artifice », avait-elle ajouté.

Le bouquet final a embrasé le ciel.

L'orage a hésité, cherchant sa cible.

Et soudain, une immense explosion a déchiré la sombre armada. Tout près, à quelques centaines de mètres peut-être, on a entendu crépiter la mitraille et, sous la pluie mêlée de grêle, chacun a pu voir se déchirer la feuille, s'écraser le grain mûr, se répandre le désespoir.

Il y a eu des rires comme des sanglots, les larmes aux yeux des hommes, Nano s'est signée. Dans la poitrine de Paul, qui me serrait contre lui, montait et descendait la petite houle du soulagement.

Et déjà les vaisseaux noirs portant étendards blancs s'en retournaient vers le large. Déjà, des bannières bleu délavé s'ouvraient dans le ciel libéré, tandis que rôdait autour de chacun le souffle glacé de la mort tombée quelque part.

Chapitre 26

Flic-floc. La pluie a cessé de tomber à Bordeaux. Devant la fenêtre ouverte, Florian écoute s'égrener du toit, avec les dernières gouttes, la petite chanson de la solitude et du chagrin.

Flic-floc. Le petit garçon suivait du doigt, sur la vitre de sa chambre, les gouttes qui descendaient, se mêlaient en un fin ruisseau avant de disparaître, rêvant de les suivre, se fondre en elles, disparaître lui aussi pour ne plus avoir peur.

Peur qu'un jour, bientôt, demain peut-être, sa maman ne revienne pas. Qu'elle reste dans les salles pleines de lumières et d'applaudissements où elle chantait dans la longue robe noire qui révélait à tous le secret qu'il aurait voulu être le seul à garder : le tendre lait de ses épaules, la naissance de ses seins où parfois elle lui permettait d'enfouir sa tête et de renaître à la source de la vie.

Afin de ne pas la perdre, pour suivre sa voix qui montait si haut que tout le monde disait qu'elle touchait le ciel, il avait décidé d'étudier le piano. Ainsi, devenu grand, il l'accompagnerait partout dans le monde comme le jeune homme, lui aussi vêtu de noir, à qui elle faisait signe, le concert terminé. Ce serait à son tour de se lever et de venir partager avec elle les applaudissements avant que l'on dépose des bouquets aux pieds de la diva.

Les bouquets, il les lui tendait chaque jour en l'appelant sur le piano noir à ventre doré : reviens, reviens. Et il arrivait qu'elle revête pour lui seul la longue robe noire, tourne vers lui ses épaules de lait et, sa voix répondant à l'appel des notes blanches et noires du clavier, ils atteignaient ensemble au paradis.

« Conneries ! », fulminait son père, le ténor du barreau, qui les avait surpris un soir entre deux voyages. « Tu ne vois pas qu'en encourageant cet enfant dans ses chimères, tu vas en faire un raté ? »

Ce jour-là, Florian l'avait détesté : « l'autre », toujours absent, qui ne lui parlait que des notes sur son carnet : travail, boulot, profession, carrière. Sa carrière serait le piano, sa profession artiste, il vivrait de sa chimère, un mot qui rimait avec mère.

Flic-floc, Petit Champignon...

C'était ainsi que les amis de Schubert le surnommaient : « Petit Champignon », allez inventer ça ! En découvrant ce musicien qui, à la recherche du paradis perdu de l'enfance où se trouvait sa mère emportée trop tôt par la mort, savait mêler le rire et les larmes, le soupir et l'espoir, Florian s'était trouvé un frère de cœur orphelin. Car il avait échoué à retenir la sienne, partie, accompagnée par d'autres, vers de lointaines salles pleines de lumières et d'applaudissements auxquelles il n'aurait jamais accès.

Le ténor du barreau envolé de son côté, il n'avait plus eu que des filles pour rire et le piano noir au ventre doré pour pleurer.

Flic-floc, la pluie a cessé de tomber à Bordeaux. Lovée au creux des tendres courbes de son fleuve, la belle dame, aux arômes de pierre et de vigne, s'étire langoureusement sous les pâles rayons du soleil.

Florian referme la fenêtre. Dans l'obscurité du salon, le miroir où s'est imprimée à jamais l'image d'une femme en longue robe noire le convie.

« Dis-moi, miroir, suis-je la plus belle ? » demandait-elle.

– Oui, répondait l'ombre du petit garçon debout à ses côtés.

En a-t-il vu passer depuis, le camarade, de jolis papillons d'un jour, légers et inconsistants, qui ne vous laissent au cœur qu'un peu de poudre de couleur.

« Comment peux-tu vivre dans ce taudis ? »

Il n'a reflété qu'une seule fois Roxelane, la Naine brune, qui voulait s'emparer de sa lumière et, devant son refus, avait tenté de le faire disparaître dans l'un de ces trous noirs dont on dit que le ciel est peuplé, où se perdent ceux qui ne parviennent plus à aimer.

Florian s'approche du piano où il a étalé la jupe et le T-shirt de l'Étoile.

Et puis tu es venue.

Un soir où il songeait à la mort, lorsqu'elle s'était assise près de lui, lorsqu'elle avait pris sa main et lui avait ordonné « Viens », il avait su que sa nuit prenait fin.

Il se met au clavier, y laisse courir ses doigts.

Tu es la mère aux seins généreux, aux hanches arrondies d'avoir porté la vie, la femme dont la tendresse est allée chercher l'enfant pour le libérer de ses chaînes, la maîtresse qui m'a fait homme en s'ouvrant avec moi au plaisir.

Tu es l'arbre de Schubert qui donne à la fois la fleur et le fruit.

Écoute ! Désormais, je joue pour toi.

# Troisième partie
LE BAN DES VENDANGES

Chapitre 27

L'aoûtement est en marche. La vigne a cessé d'allonger ses rameaux. Elle rassemble toute son énergie pour materner la grappe et l'amener à maturation. Les nuits fraîchissent et, le matin, le paysage se voile de brume. Il fait frisquet. On a allumé un premier feu dans la cheminée du salon.

La rentrée des classes s'est bien passée pour la petite troupe. Chaque matin, peu après sept heures, depuis déjà deux semaines, Lise embarque Marie-Jeanne et Merlin dans son 4 × 4 et nous les ramène fourbus le soir après avoir fermé sa boutique de déco. Quant à Aliénor, elle s'est installée chez ses beaux-parents à Bordeaux.

Finalement, les jumeaux s'y plaisent. À l'école, ils se sont vite fait des copains. À la maison, leur grand-mère leur a fait cadeau du hamster qui leur était refusé jusque-là. Le rongeur loge sous les lits superposés et, à présent, c'est la bagarre pour occuper celui du dessous. Comme promis, ils pédalent chaque jour au parc avec leur grand-père, ce dont mon pauvre Paul serait bien incapable, lui que cent mètres de jogging suffisent à mettre K.O.

Aliénor rejoindra Gérard à New York début octobre, après la fameuse Gerbebaude, fête de fin des vendanges.

Celles-ci approchent. La fièvre monte au domaine. Chaque jour, en différents points, le grain est goûté, le pépin religieusement croqué. On extrait régulièrement le jus de quelques grappes pour en analyser sucre et acidité. Entre la puissance de l'un et la faiblesse de l'autre, l'équilibre souhaité semble atteint.

Peut-être... peut-être quelques journées supplémentaires d'ensoleillement amélioreraient-elles encore la qualité du nectar, mais une humeur du ciel qui pourrirait une partie de la récolte est toujours à craindre, aussi Enguerrand et le Médocain ont-ils décidé de ne pas prendre le risque. Le ban des vendanges sera sonné le lundi 15, soit une centaine de jours après la fête de la Fleur. On débutera par le merlot. Un peu plus tard, ce sera au tour du cabernet-sauvignon.

D'après notre fils, le vin devrait avoir un goût de cassis et de cerise.

Avant le branle-bas de combat, Guillou a tenu à nous inviter tous à dîner à Bordeaux.

Rendez-vous a été pris samedi à 19 h 30 sur l'Esplanade des Quinconces, au pied du génie ailé de la Liberté : mon amie affectionne les symboles. Et comme elle aime aussi les surprises, elle a refusé de nous dire où elle nous conviait.

– Faites-vous beaux, s'est-elle contentée de nous recommander.

J'ai opté pour un tailleur de lin vert d'eau. Paul a bougonné en nouant une cravate. Il aurait préféré rester à surveiller la Gironde que les grandes marées agitent. Ce matin, à la radio, on parlait de mascaret. Et si sa vague montait jusqu'au vignoble ? Cela s'est vu.

Enguerrand nous a emmenés dans sa voiture. Peu portée sur l'alcool, Lise prendra le volant au retour. Lorsque nous arrivons au lieu du rendez-vous, la nuit tombe déjà sur la célèbre place. La lumière des lampadaires caresse le feuillage roussi des platanes. L'automne dans deux semaines ? Impossible !

Les Saint-André nous attendaient, entourant une Aliénor royale en mousseline blanche. Sous sa cape de mousquetaire, Guillou porte une robe noire au décolleté vertigineux.

– Ça y est ? Tout le monde est là ? Eh bien, on y va, décide-t-elle après les embrassades.

Et elle ajoute, avec un clin d'œil malicieux dans ma direction : « L'embarquement a commencé. »

L'embarquement ? Arrivés quai Louis-XVIII et découvrant le bateau vers lequel elle nous entraîne, mon cœur s'affole.

LE *ROXELANE.*

– Une promesse est une promesse, me glisse-t-elle en passant son bras sous le mien.

Et, en effet, n'est-ce pas moi qui lui ai donné l'idée de nous y inviter, au lendemain de ma rencontre avec Florian, cherchant à me renseigner sur celle qui avait si maltraité celui que, sans le savoir, j'aimais déjà ?

Dans ma tête, une alarme se déclenche. Je ne dois pas monter sur ce bateau. Imaginons que sa propriétaire s'y trouve ? Qu'elle me reconnaisse ?

Et nous voici déjà devant la passerelle au bas de laquelle se presse une joyeuse petite foule. Sous la verrière du pont inférieur, on peut voir des dîneurs attablés. Les haut-parleurs diffusent une musique douce. Aliénor et Lise nous précèdent.

– Mais qu'est-ce que tu attends, Anne-Thé ? Tu ne vois pas que tu bloques tout le monde ? s'impatiente Guillou.

Je bredouille.

– Tu sais bien que j'ai le mal de mer. Le mascaret...

Un éclat de rire me répond.

– Allez, on te tiendra le front !

Comment me dérober ?

J'y vais.

– Bienvenue à bord, mesdames, nous salue le commandant comme nous débouchons sur le pont.

Guillou ne faisant jamais les choses à moitié, elle a réservé la table d'honneur. Une table ronde à la proue du bateau. Le maître d'hôtel nous y conduit. J'avance, le regard au sol, terrifiée à l'idée de tomber nez à nez avec Roxelane. Augustin me prend à sa droite, Paul s'installe à celle de Guillou. Une fois assise, j'ose lever les yeux.

L'éclairage, fourni par des photophores, est discret. Le couvert est raffiné, un bouquet de fleurs rond orne le centre de la table. Chacun a droit à un menu joliment décoré. Je m'efforce de me calmer. Allons! Je n'ai jamais rencontré Roxelane. Et, si je sais qui elle est, il y a peu de chance que Florian lui ait parlé de moi.

Est-ce si sûr?

« Je lui ai dit que j'avais rencontré une étoile. »

Le « sale gamin » est bien capable d'avoir laissé échapper mon nom.

« Elle veut encore, je l'envoie chier », m'avait-il également raconté.

Flattée, j'avais ri.

– Je vous sers un peu de champagne, madame?

Tandis que le maître d'hôtel remplit ma coupe, je pense à celui que j'avais partagé avec Florian à notre premier rendez-vous.

Et lui? Que penserait-il s'il me voyait ici? Il y a quelques heures, à trois rues de là, il me tenait dans ses bras.

Je ne lui ai pas parlé de l'invitation de Guillou à dîner, j'étais trop occupée à me laisser aimer.

Verrait-il dans ma présence sur ce bateau une trahison?

– À Bacchus, Neptune, Aphrodite et les autres! clame mon amie, en levant sa coupe. Et que les bons vents nous mènent au Nirvana!

Chapitre 28

Trois coups de sirène ont retenti et le bateau s'est détaché du quai dans un sourd grondement de moteur. À terre, des badauds s'amusaient à agiter des mouchoirs. Désormais, quoi qu'il arrive, je serais, deux heures durant, l'otage de la Garonne.

Un vieux monsieur à tête de prof a pris le micro. Il nous a annoncé d'un ton rieur qu'il se permettrait de troubler de temps en temps notre festin pour nous parler des amours de Bordeaux et de son fleuve. Bordeaux créé par la Garonne, enserré dans son bras en forme de croissant, ce qui avait donné à son port la belle appellation de « Port de la Lune ».

Des applaudissements ont salué le poète. Paul, tout guilleret, s'est tourné vers moi.

– Eh bien, ma chérie, après avoir visité notre ville de l'intérieur, tu vas pouvoir l'admirer par les yeux de son fleuve amoureux.

J'avais bien besoin de ça !

Des serveurs vêtus en marins ont posé devant chaque convive une salade de saint-jacques tiède, tandis que nous était servi un médoc dont le goût a été longuement commenté et apprécié.

– Ce soir, interdit de parler vendanges. On se vide la tête, a décrété Guillou.

Où en était-elle, ma tête ? Elle commençait à s'apaiser. Je m'étais fait peur pour rien. La propriétaire du

Roxelane avait autre chose à faire qu'à participer à ses soupers-croisières. Et il y avait peu de chance qu'elle pointe elle-même les clients.

Comme nous longions la place de la Bourse, le guide a repris la parole pour nous raconter que lors de l'inauguration de sa fontaine, celle-ci avait été privée de bénédiction en raison des Trois Grâces, totalement dévêtues, qui l'ornaient.

– Les « Trois Garces », est intervenu un homme à la table voisine, déclenchant de gros rires.

Ça commençait dans la finesse !

Bientôt, enjambant le fleuve d'un seul trait, apparaissait le pont de Pierre, planté dans la Garonne par des fûts en bois de pin, renforcés par de la roche. Ce pont immense que ses réverbères à trois branches, trois lumières, se reflétant dans le miroir frissonnant de l'eau, rendaient magique.

Un soir où j'avais pu me libérer pour dîner avec Florian, il m'y avait entraînée. Il n'avait pas le moral. Il ne voulait pas me laisser rentrer chez moi. « Chez toi, c'est là », disait-il en montrant sa poitrine.

Nous nous étions penchés sur la rambarde.

– Si nous nous y jetions ensemble, ce serait notre histoire que la Garonne raconterait. Pour toujours, avait-il lancé.

Avant de rire, bien entendu.

Il y a quelques heures, alors qu'il était dans mes bras, c'était un autre rire que j'entendais, joyeux, gourmand de vie. La Garonne se passerait de notre plongeon. Et sans doute y étais-je pour quelque chose.

La flèche Saint-Michel, tour séparée de son église, la plus haute de France... Les coupelles et clochetons de l'église Sainte-Marie... La Bourse maritime, qui nous valait de nouvelles plaisanteries scabreuses de nos voisins... je n'écoutais que d'une oreille les commentaires brefs et enthousiastes du guide sur les beautés architecturales de la ville, incapable de me défaire de mon angoisse.

Guillou m'adressait de furtifs sourires interrogateurs. Le mascaret ? Il était bien là, donnant aux flancs du bateau d'insignifiants coups de langue. C'était mon cœur que la vague noyait.

Tandis que nous était servi le plat principal, un filet de bœuf aux girolles, un petit monsieur en queue-de-pie, sans âge et sans cheveux, s'est installé au piano et nous a bercés d'airs langoureux qu'il soulignait de larges mouvements de buste, comme s'il dansait avec lui-même. Champagne et vin aidant, un sourire m'est venu en pensant que Roxelane n'avait pas gagné au change. Je décrirais à Florian son remplaçant : nous en ririons ensemble.

La croisière durait deux petites heures. Je ne cessais de consulter ma montre. Salade, fromage... Nous en avions accompli une bonne moitié. Le château du Prince Noir, fils du roi d'Angleterre et féroce pillard, a particulièrement inspiré Guillou : comme elle aurait aimé piller en sa compagnie. Légèrement éméchée, elle émaillait à sa façon les tirades enflammées de notre guide, faisant s'esclaffer bruyamment la table proche, au grand dam du pauvre Augustin qui tentait de faire bonne figure.

– Ça va, Anne-Thé ? a-t-elle soudain lancé. On n'entend que toi.

Il y eut un rire général. Je n'avais pas dû prononcer dix mots. J'ai montré les remous de l'eau.

– J'espère tenir jusqu'au bout.

Déjà se profilait le pont d'Aquitaine. Bientôt sauvée, je respirais en dégustant la délicieuse soupe de fruits coiffée de glace vanille. On applaudissait longuement le guide. Le pianiste jouait à présent de vieux airs repris en chœur par tous.

Le café et son assiette de mignardises. Là-bas, enfin, l'embarcadère...

– La croisière vous a plu, madame ? Tout s'est passé à votre convenance ?

Mon cœur bondit. C'est elle ! Pas une seconde, je n'en doute. La longue et fine liane blonde, en pantalon et chemisier blanc, qui vient de poser la question à Guillou ne peut être que Roxelane. J'avais seulement oublié qu'elle était si jeune : plus jeune que ma fille et ma belle-fille.

— Un rêve, répond Guillou avec chaleur. Mention spéciale pour votre guide. Puis-je vous présenter mes amis ?

Lorsqu'elle me nomme, en premier, deux yeux bleu acier me transpercent. J'incline vaguement la tête. Lise et Aliénor lui tendent la main. Les hommes se lèvent brièvement. J'ai toujours su que ce moment viendrait.

— Alors, c'est vous ? me lance-t-elle.

Sa voix est hostile, tranchante. Les regards abasourdis de ma famille et de mes amis m'interrogent : moi qui ? moi quoi ? Je reste paralysée.

— Trente ans de moins, ça ne vous gêne pas ?

Une vague de chaleur me dévaste. Je sens flamber mes joues. À la table voisine, la conversation s'est interrompue. Le marin qui commençait à desservir notre table s'est figé.

Augustin se lève.

— Vous vous adressez à mon invitée. Je pense qu'il y a confusion ?

— Confusion ?

Le rire de Roxelane claque comme un coup de feu.

— Demandez donc à Mme d'Aiguillon qui est Florian.

Elle m'adresse un dernier regard meurtrier, tourne le dos à la table et disparaît.

Augustin retombe sur sa chaise. Guillou, elle-même, semble désarçonnée. Le silence est de plomb, toutes les têtes tournées vers moi en attente d'explication.

Je dois réagir, vite. Je reste paralysée. Trois minutes, trois phrases, et voilà un conte transformé en tragédie par une sorcière.

Je prends mon front entre mes mains.

— Ça ne va pas, ma chérie ? s'inquiète Paul. Qui est cette femme ? Tu la connais ?

Le « ma chérie » me donne la force d'articuler.

— Je ne l'ai jamais vue.

— Mais alors, qu'est-ce qu'elle te voulait ? Et qui est ce Florian ? aboie Aliénor d'une voix qu'elle ne tente pas de contrôler, elle d'ordinaire si réservée.

Face à l'attaque, je coule à nouveau. Guillou me sauve.

Elle se lève, tempête.

– Vous ne voyez pas qu'Anne-Thé a le mal de mer ? Elle ne nous avait pas prévenus peut-être ? Elle a été patraque pendant tout le trajet. Il ne lui manquait que cette cinglée.

Elle se tourne vers Augustin, interdit.

– La fin de la bouteille, tu te la fais perso ?

Sans lui laisser le temps de répondre, elle s'en empare et la vide dans mon verre. Puis elle glisse quelque chose dans ma main.

– Avale ça !

C'est une grosse capsule jaunâtre. Si grosse qu'elle se bloque dans ma gorge. Je m'étrangle, tousse, pleure, achève mon verre pour la faire passer. Les joyeux drilles de la table voisine m'encouragent.

Voici l'embarcadère. *Ce n'est qu'un au revoir*, joue le pianiste.

– Attendez ! s'écrie soudain Paul. Elle a bien dit « Florian », la cinglée ? Je ne me trompe pas ?

Il se tourne vers moi.

– N'était-ce pas le nom de ce hippie qui avait débarqué au domaine le lendemain de notre fête ? Un des musiciens de l'orchestre que tu avais engagé ?

Il se tourne vers les Saint-André :

– Figurez-vous qu'en rentrant de chez vous, nous l'avions trouvé à la maison, débarqué sur une moto grosse comme un camion. Je n'ai jamais compris ce qu'il nous voulait. Tu te souviens, Anne-Thé ?

J'incline la tête.

– Est-ce que ce musicien a un lien avec le Florian dont parlait cette femme ? attaque à nouveau Aliénor d'une voix hystérique. Il a quel âge ?

« Trente ans de moins, ça ne vous gêne pas ? »

La phrase empoisonnée tourne autour de ma tête.

Et cette fois, c'est Enguerrand qui me sauve.

– Si ça ne t'ennuie pas, Aliénor, dit-il d'une voix blanche, on pourrait attendre d'être à la maison pour que maman nous explique ça.

Chapitre 29

Les adieux ont été abrégés, les remerciements passés à l'as.

– Courage, m'a simplement glissé Guillou à l'oreille. Encore quelques minutes et ça baignera. Tu m'appelles ?

« Ça baignera »... Que voulait-elle dire par là ? Le mot était pour le moins mal venu. Quoi qu'il en soit, la chaleur avec laquelle elle l'avait prononcé m'a fait monter les larmes aux yeux. Dur dur, l'amitié !

– Je vous suis, a décidé Aliénor en claquant la portière de sa voiture.

Elle habitait désormais chez ses beaux-parents. Son retour avec nous n'était pas prévu au programme. Le tribunal se constituait ?

Lise, qui ne s'était autorisée qu'une coupe de champagne, a pris le volant.

– Venez à côté de moi, mère.

Les hommes se sont engouffrés à l'arrière et elle a démarré, tel un pilote de formule 1.

– Pas trop vite ! a protesté Paul en me tapotant affectueusement l'épaule. N'oublie pas notre malade.

Malade ? Après le choc, puis l'abattement, je sentais peu à peu l'énergie revenir, tel un courant m'arrachant au cauchemar. Bizarre ! En général, les médicaments contre le mal de mer ont plutôt tendance à vous assoupir.

Profitant du silence qui régnait dans le 4 × 4, les yeux sur le sombre moutonnement des vignes prêtes à être vendangées, j'ai tenté de faire la clarté dans mon esprit.

« Attendons d'être à la maison pour que maman nous explique ça »...

Je n'y couperais pas. Et qu'expliquer ? Roxelane n'avait-elle pas parfaitement résumé la situation ?

Une flamme de colère m'a traversée. Cette salope allait-elle briser l'harmonie que j'avais si bien réussi à préserver jusque-là entre les différentes amours et les tendresses variées qui font le suc de la vie ?

Seul Paul, parfois lent à la détente (qu'il me pardonne), semblait n'avoir rien compris du tout. Cependant, constatant qu'il avait retiré sa main de mon épaule et que ce bavard impénitent observait un silence inhabituel, l'inquiétude m'a frappée à nouveau.

Jusqu'à ce que j'entende derrière moi le ronflement rassurant de mon vieux poêle à bois.

Le tribunal s'est réuni au salon où chacun, en un réflexe d'autodéfense, a pris sa place habituelle : femmes sur le canapé, Paul – réveillé par un verre d'eau fraîche – dans le fauteuil à oreillettes de Madeleine. Seul Enguerrand a dérogé en restant debout.

– Nous t'écoutons, maman. Qui est ce Florian dont parlait cette femme, et de quoi t'accusait-elle exactement ?

– Cette « chieuse », veux-tu dire, ai-je rectifié d'un ton rieur (capsule ?). Figure-toi qu'elle m'accusait tout bonnement de lui avoir piqué son petit ami !

Ma verte spontanéité a fait passer comme une brise de fraîcheur dans la lourdeur de l'atmosphère, sauf du côté de Paul, qui déteste entendre sur les lèvres de la mère de ses enfants les mots de la modernité couramment employés par ses petits-enfants.

J'ai confirmé sur ma lancée.

– Florian faisait en effet partie de l'orchestre que j'avais engagé pour notre fête. Roxelane venait de le jeter. Il était désespéré. Je lui ai tendu la main.

– ... et c'est ainsi qu'il nous revenait le lendemain sur sa moto ! a confirmé Paul, rondement. Je comprends enfin.

– Tu veux bien me laisser finir ? me suis-je impatientée (capsule ?). La fêlée s'est mise en tête de le récupérer, elle ne m'a pas pardonnée de l'avoir aidé à lui résister. Et voilà le tableau !

– Aidé... comment ? a demandé Aliénor d'une toute petite voix, bien différente de ses excès précédents.

– En le rencontrant régulièrement et lui redonnant confiance en lui.

Voici qu'une douce euphorie me gagnait, la sensation de flotter au-dessus des obstacles, « planer » serait un mot plus juste.

– Et vous vous rencontrez où ? a risqué à son tour Enguerrand.

– À Bordeaux, bien sûr. C'est là qu'il habite. Le plus souvent chez lui, dans sa « pièce à musique ». Avec tout ça, vous ai-je dit qu'il était un excellent pianiste ?

« Chez lui »... Ces deux mots imprudents ont réanimé la phrase meurtrière de Roxelane : « Trente ans de moins, ça ne vous gêne pas ? » À nouveau, le silence s'est chargé de soupçons. Lequel des miens oserait poser franchement la question : « Couchez-vous ensemble, oui ou non ? »

Qu'y répondrais-je ? En niant, renierais-je Florian ?
Cette fois, c'est Lise qui m'a sauvée.

– Mais dites-moi, mère, ces rencontres avec votre pianiste n'auraient-elles pas un lien avec vos visites des trésors de la ville ?

– Tu as tout deviné, ai-je avoué. Je craignais que la vérité soit mal perçue par certains. Et apparemment, je ne me suis pas trompée, ai-je ajouté avec un soupir.

– L'idée que l'on puisse vous voir ensemble et en tirer... certaines conclusions hâtives ne t'est pas venue à l'esprit ? s'est renseigné Enguerrand, précautionneusement.

– Bien sûr que si ! C'est pourquoi, lorsque nous sortons – ce qui est rare –, nous nous montrons discrets.

Ici, puis-je dire sans offenser mon parrain qu'un ange est passé ? Mes enfants se sont consultés du regard. J'en ai profité pour faire quelques pas dans le salon, tout en buvant un grand verre d'eau pour me calmer avant la sentence.

– Merci pour ta sincérité, maman, a repris Enguerrand lorsque je me suis retrouvée sur le canapé. Tu comprendras que la scène qui a eu lieu sur ce bateau nous a tous choqués. Et pas seulement nous. Pense à notre réputation. Aussi, nous te demanderons de cesser de voir ton protégé.

– Mais c'est impossible ! me suis-je écriée. Il n'y résisterait pas. Vous devez savoir que Florian n'a que moi. Je suis sa seule famille. En l'abandonnant, je mettrais ses jours en danger. Que vaut une réputation lorsqu'une vie est en jeu ?

C'est là que le miracle s'est produit. Mon cri du cœur, le refus enflammé de lâcher celui que, d'eux-mêmes, ils avaient nommé « mon protégé », le mot « famille », sacré chez nous, ont achevé de me blanchir. Si j'avais été coupable, n'aurais-je pas cédé en rase campagne, battu ma coulpe, qui sait, imploré le pardon des miens ?

Le soulagement a envahi les visages, mêlé d'un chouïa de remords.

« Trente ans de moins »... Comment avaient-ils pu, une seule seconde, soupçonner l'épouse, la mère, la grand-mère, si sage dans son tailleur de lin vert d'eau, d'avoir... frayé avec un jeune homme ? Honte aux langues de vipères et autres Roxelane.

– Il faut reconnaître que maman a toujours eu un petit côté saint-bernard, s'est esclaffée Aliénor.

– Pourquoi ne me feriez-vous pas une petite visite à la boutique ? a proposé Lise. Peut-être pourrais-je aider Florian, moi aussi ?

– Sois quand même prudente, a recommandé Enguerrand. Évite les promenades en ville. Rencontrez-vous de préférence dans sa pièce à musique.

– ATTENDEZ !

Le cri de Paul nous a fait sursauter. D'autant que ses yeux clos donnaient à penser qu'il s'était rendormi. Il a bondi de son fauteuil (bondi est un grand mot), et il a pointé sur ma poitrine un doigt accusateur.

— Si j'ai bien compris, Anne-Thérèse, tu me mens depuis des semaines à propos de tes découvertes de la ville ? Tu me mens à MOI, ton mari ?

Le prénom interdit m'a fait sortir de mes gonds. Cet homme me tuera.

— Et toi Paul, depuis combien d'années me mens-tu, à MOI, ta femme, à propos de ton cercle ? lui ai-je envoyé dans les gencives (capsule ?).

Il est devenu écarlate. S'était-il imaginé que j'ignorais qu'il me trompait éhontément depuis des décennies ?

Le silence des enfants lui a indiqué qu'eux non plus n'étaient pas aveugles. L'accusation a changé de camp. N'ayant rien à dire pour sa défense, le fourbe s'est levé et a quitté les lieux du pas lourd du condamné. Je n'ai pu m'empêcher de le plaindre.

— Alors tu savais, maman ? a soufflé Aliénor.

— Tu me prends pour une idiote ou quoi ? Je l'ai su bien avant vous. Si je n'ai rien dit, c'était pour vous épargner.

J'ai désigné Antonin dans son cadre doré et chacun a pu entendre la trop fameuse maxime : « Tel père, tel fils. » Lise a lancé à Enguerrand un regard d'avertissement. Mon merveilleux fils est venu derrière elle et il a posé deux mains pures de tout péché de la chair sur ses épaules. Dieu sait pourtant qu'avec sa prestance, son agilité d'esprit, son humour, les occasions n'avaient pas dû lui manquer et que ma belle-fille, que par ailleurs j'aime tendrement, n'a rien d'un canon.

Plus tard, me raccompagnant jusqu'à ma chambre, il m'a dit avec affection :

— Pour papa, tu sais, je suis sûr que ça ne compte pas.

— Je sais, ai-je répondu. Certains hommes sont ainsi. Il y a « la femme de leur vie » et les extras qui leur apportent du prétendu nouveau. Heureusement que pour certains, une seule suffit à les combler.

Chapitre 30

– Qu'est-ce qui se passe ? demande la voix inquiète de Florian à l'appareil. Je croyais que c'était « Jamais le dimanche » ?

Par ma fenêtre ouverte, dans la nuit qu'éclaire la pleine lune, je peux voir la balancelle à l'abri de Monsieur du Tilleul. Plus loin, je distingue les ombres de la vigne et, plus loin encore, il me semble sentir le souffle hargneux de la Gironde, bras d'un fleuve qui a bien failli emporter l'amour.

Le gros de la tempête passé, mon sentiment d'invulnérabilité fait place à la fatigue. « Jamais le dimanche » ? Car nous sommes bien dimanche et il est une heure du matin.

– Écoute-moi, Florian. J'ai besoin de te parler, mais je ne peux pas le faire par téléphone.

– Alors, viens !

Comme il y va ! Et derrière son ordre, la musique ardente, tragique dans sa résignation, du « musicien du ciel » qui nous a réunis. Elle m'appelle, elle aussi. Si seulement je pouvais.

– C'est impossible, mon cœur.

– Il est arrivé quelque chose ? C'est grave ?

– Je te raconterai ça tout à l'heure. Ne t'en fais pas. Cela ne changera rien pour nous.

Un pas dans le couloir. Je murmure : « On vient, je dois te laisser. Je serai là vers quatre heures. »

Je coupe la communication, referme la fenêtre et m'approche sans bruit de la porte. Le pas s'éloigne, accompagné d'un petit raclement de gorge : Paul.

Alors que je déboutonne la veste de mon tailleur, mon mobile sonne sur l'oreiller où il m'attendait.
– Oui, Florian ?
– Tu ne vas pas me quitter, l'Étoile. Tu me jures ?
– Jamais.
– Tu m'aimes toujours ?
– Toujours.

Cette fois, c'est lui qui raccroche, vite, comme pour m'empêcher de reprendre ma parole.

Toujours... Jamais...

Et d'un coup, le voilà, le mascaret, la vague qui déferle et engloutit mon cœur, portée par deux mots qui vont si bien avec l'amour et que le flot du temps efface si vite.

Le dimanche matin, au petit déjeuner, il est de tradition que la famille fasse brioche commune à la cuisine.

Lorsque j'ai débarqué, un peu avant neuf heures, Lise et les enfants étaient attablés sous le regard bienveillant de Nano. J'ai accompli mon tour de joues et pris la place que Marie-Jeanne m'avait gardée près d'elle en retournant mon bol et, pour plus de sécurité, le coiffant de mon porte-serviette. Point de Paul ni d'Enguerrand. Ils devaient être au chai avec Joseph, vérifiant une fois de plus que tout était bien en ordre de marche pour demain.

Lait et café m'attendaient dans les Thermos, des tartines grillées dans le panier à pain ; je les préfère à la brioche. Lise a fait glisser devant moi beurre, miel et confiture.
– Ça va, mère ?
– Ça va.

Nous nous en sommes tenues là. Partager un même toit nous oblige à la plus grande discrétion. Appartements et sentiments privés ! Les enfants, eux, ne se gênent pas pour entrer partout sans frapper, au cœur et aux portes, mais c'est du bonheur.

– Quand je serai étudiante, papa a promis qu'il m'embaucherait pour les vendanges. Même qu'il me paiera, m'a annoncé Marie-Jeanne.

– Moi, Joseph m'a dit que je remplirais le tracteur, a fanfaronné Merlin.

– Et moi, je le conduirai, ai-je annoncé.

Des rires m'ont répondu. Rester la même : celle d'avant le *Roxelane*.

Y aurait-il désormais un « avant » et un « après » cette soirée ? Comme il y aurait toujours pour moi un avant et un après la nuit de la Fleur ?

Toujours ?

Un peu plus tard, Paul est entré. Il a déposé un baiser sur mon front, suivi par le regard de la tablée.

– Quand tu auras fini, on pourra peut-être faire un tour tous les deux ? m'a-t-il proposé après s'être éclairci la voix.

– Nous aussi ! ont crié les enfants en se levant en même temps que moi.

– Il me semble avoir entendu votre grand-père dire « tous les deux », est intervenue Lise.

– Sans compter que j'ai besoin de marmitons pour ma mousse au chocolat, a dit Nano sans me regarder.

– On voulait te raconter qu'hier on a vu *Titanic* à la télé, m'a appris Merlin. C'était super.

Titanic ? J'ai vite suivi Paul avant de succomber à un rire nerveux.

Nous cheminons en silence dans l'allée du jardin qui tournicote jusqu'au muret nous séparant de notre vigne.

– La météo est encourageante. On devrait avoir du beau temps au moins jusqu'à jeudi, m'apprend Paul.

Les vendanges du merlot dureront cinq jours. Dès la rosée du matin évaporée, une quarantaine de coupeurs se mettront au travail, deux par rang, gens du coin et étudiants dont la plupart reviennent chaque année. Toute la journée, le ronronnement des tracteurs défiera le ciel.

Nous voici arrivés au muret. Perdus dans la forêt verte, on peut apercevoir Enguerrand, le Médocain et

Thierry, son second, un tout jeune amoureux du métier, en grande discussion. Parions qu'ils goûtent une dernière fois le grain.

« Pour le sauvage, goût de cassis. Pour la douceur, goût de cerise », a prédit notre fils. Passion, tendresse. Dans quelques heures, je serai dans les bras de Florian et les deux se mêleront. Comment prendra-t-il l'aventure ?

– J'ai réfléchi, annonce Paul.

J'attends la suite, le dos tendu, forte de ma décision : nul ne me séparera de celui que j'aime.

– Si tu le souhaites, je suis prêt à renoncer à mon cercle.

Je m'attendais à tout sauf à cet acte de repentance qui, à la vérité, ne m'arrange pas du tout.

– C'est inutile, Paul. Tu sais, il y a longtemps que j'ai accepté.

Ses sourcils se froncent.

– Comment ça, longtemps ?

– Disons un bon nombre d'années.

– Et tu n'as jamais eu l'idée de m'en parler ?

– Quand tu as commencé, les enfants étaient encore petits. J'ai préféré leur éviter les scènes de ménage. Et puis franchement, Paul, cela aurait-il changé quelque chose ?

– Alors, ça ne t'a rien fait ? demande mon mari d'une voix courroucée.

– Bien sûr que si, ça m'a fait ! Au début, j'ai vraiment dégusté. Mais vois-tu, à la longue, on finit par s'habituer.

– Déguster... Tu as de ces mots, toi.

Paul me tourne le dos et reprend le chemin de la maison, épaules courbées. Le pire des châtiments : perdre le pouvoir de faire souffrir celui qu'on aime.

Je passe par la pelouse, histoire de caresser l'écorce de l'ancêtre des lieux : un pin immense qui raconte au ciel la petite histoire des hommes qui ne font que passer. Tu l'aurais aimé, parrain ! Et moi, ces derniers temps, j'ai un peu trop tendance à t'oublier en même temps que remords, scrupules et autres agitateurs de conscience.

Je rejoins celui que j'ai épousé devant Dieu et devant les hommes, et glisse mon bras sous le sien.

— Ce Florian, grommelle-t-il, sinon pas très soigné, je ne me souviens plus bien comment il était.

Reste calme, ma voix. Contiens-toi, mon cœur.

— Il est grand, cheveux châtains et yeux clairs. Vêtu et coiffé comme ceux de son âge, avec une tendance à oublier le rasoir. Ce qui ne veut pas dire qu'il n'est pas soigné. Et n'oublie pas que c'est un artiste.

Nous arrivons à la terrasse. Là-haut, à la fenêtre de la chambre de ses parents, avant que le voilage ne retombe, est-ce le visage de Marie-Jeanne que j'ai distingué ?

Paul s'arrête au perron.

— Et c'est vraiment si important pour toi de continuer à le voir ? Ça va durer longtemps, cette histoire ?

Toujours... Jamais...

— Ne t'en fais pas, Paul. Ça ne changera rien pour nous.

Très exactement les mots que j'ai dits à Florian quelques heures plus tôt.

Chapitre 31

Il m'a accueillie, ridicule et attendrissant, vêtu de mon T-shirt soleil, oublié un soir de pluie dans les anciennes écuries, et de la jupe qu'il avait refusé de me rendre après une excursion vers mon enfance que la fuite du temps et l'orage avaient foudroyée.

Il m'a accueillie déguisé en moi, comme l'enfant qui cache sa souffrance sous un rire forcé qui ne trompe personne.

Aux accents d'une sonate de Schubert que la mort avait emporté à l'âge qu'il avait aujourd'hui, et avec lequel il avait fait, adolescent, échange d'âmes tourmentées, comme on fait l'échange de sang.

« Flic-floc », a-t-il chanté.

Lorsque cette nuit, défendant Florian, j'avais lancé au tribunal que renoncer à lui serait mettre sa vie en danger, je n'avais dit que la vérité. En ce qui me concernait, il me semblait qu'une séparation m'aurait retiré le goût de vivre.

On aurait dit que les coussins du lit, du nid, avaient eux aussi subi la tempête. Je les ai rassemblés. J'y ai étendu le drap, je suis allée chercher mon amour et je lui ai retiré son déguisement. Dessous, il était nu. Il ne m'a pas laissé le caresser, il ne m'a pas embrassée, pour la première fois, lui qui aimait à me faire attendre, jusqu'à la supplication, il m'a prise sans ménagements, comme on se venge d'une grande peur :

un cri où se mêlaient le désespoir et la fureur d'espérer malgré tout.

... Avant de me demander pardon et d'accepter de m'entendre, le nez enfoncé dans mon cou.

Lorsque j'ai prononcé le nom du bateau sur lequel Guillou nous avait invités, ma famille et moi, il m'a mordue et je l'ai serré davantage. Le souper-croisière, son circuit, son guide-poète, tout ça, il connaissait par cœur. Le pianiste en queue-de-pie ne lui a pas tiré un sourire. Lorsque je suis arrivée à Roxelane, il a crié :

– La salope, je vais la tuer.

À présent, il arpentait la pièce en donnant ici et là des coups de poing ou de pied.

– Qu'est-ce que tu crois ? Elle avait tout calculé, c'est sûr.

Roxelane consultait toujours la liste des personnes inscrites à ses soupers, s'intéressant plus particulièrement à celles qui réservaient la table d'honneur la plus chère. Souvent des hommes ou femmes politiques, ou d'importants entrepreneurs, susceptibles de lui être utiles un jour.

– Attends, Florian ! Guillou avait forcément réservé à son nom. Comment Roxelane a-t-elle pu savoir que je serais là ?

– Pour sa table de merde, elle demande toujours le nom de chaque participant.

– OK ! Alors supposons que Guillou lui ait donné le mien. Que connaissait-elle de moi ? De nous ? Tu ne lui as quand même pas raconté ?

Florian a baissé le nez.

– Je lui ai seulement dit que j'avais rencontré l'Étoile chez toi. La garce a dû faire son enquête.

« L'Étoile »... La tendresse m'a envahie : mon poète au langage de charretier.

Il s'est soudain souvenu que je n'étais pas seule sur le bateau.

– Et ton mari ? Et les autres ? Qu'est-ce qu'ils ont dit ?

La voix était chargée de méfiance. À quoi s'attendait-il ? Que redoutait-il ? Je lui ai rouvert mes bras. Il n'est pas venu. Rester debout face au danger ?

D'une voix que je me suis efforcée de rendre légère, je lui ai raconté l'attitude d'Aliénor, ma paralysie, l'intervention de Guillou et son comprimé magique qui m'avait donné l'énergie de me défendre et – je n'en étais toujours pas revenue – de ressortir totalement innocentée de la réunion du tribunal à la maison.

Florian a eu un rire : son premier.

– Elle t'a filé de la dope, ta copine, c'est clair !

J'en ai rajouté.

– N'empêche que sa dope m'a blanchie.

Il s'est rapproché. Je croyais en avoir terminé avec mon petit juge, il me fixait d'un air furieux.

– Et pourquoi tu n'as pas profité de l'occasion pour leur dire la vérité ?

L'incrédulité m'a sciée.

– Mais pour nous protéger, Florian. Pour que nous puissions continuer à nous voir.

– Eh bien tu vas rentrer chez toi, tu leur diras qu'on s'aime, ensuite tu boucleras ton sac et tu viendras t'installer ici. On ne va quand même pas vivre dans le mensonge !

J'ai réprimé un rire.

– Et... avant... nous n'y vivions pas ?

– Maintenant, ils connaissent mon existence, ça change tout.

Soudain, ses yeux se sont éclairés. Il s'est mis à danser.

– J'ai une superidée. On va faire une fiesta à tout casser, genre pendaison. On invitera la tarée et c'est elle qui se pendra quand elle découvrira que ses conneries nous ont réunis.

Il a fait une boule de mes vêtements et me les a lancés.

– Vas-y !

– Je ne peux pas, Florian. Je ne peux pas vivre avec toi. Ni ici, ni ailleurs.

– C'est ces foutus « trente ans de moins » ? Je te fais honte ?

J'ai secoué la tête. Si les foutus trente ans avaient dû faire honte à quelqu'un, cela aurait été à celle qui les avait en plus. Mais tu me les fais si bien oublier, mon amour.

— Alors, c'est la thune? J'en ai sûrement moins que ton jules, mais assez pour nous deux.

— Ce n'est pas la thune non plus.

Ironie du destin, le fruit de la vente de « la maison du loup », placé depuis des années, pourrait me procurer... une rente honorable.

— Alors c'est quoi? s'est à nouveau rebellé Florian. Vas-y, dis-le, tu n'as pas envie de vivre avec moi? Tu ne m'aimes pas assez?

J'ai revu Paul sur le perron : « C'est si important que tu continues à le voir? » J'étais bien entre mes deux jaloux!

— Je t'aime, tout simplement. Mais j'aime beaucoup ma famille, et si je partais non seulement elle souffrirait mais j'en perdrais une partie.

Moi qui me refusais à nommer Marie-Jeanne, je l'ai appelée à mon secours. Elle nous avait réunis, pouvions-nous l'en punir?

Il m'a tourné le dos et il est allé à son clavier. Debout, d'une seule main, il a pianoté les notes d'une chanson qu'il me semblait connaître mais dont les paroles m'échappaient. Une chanson d'autrefois, celle d'un de ces films en noir et blanc qui racontent des histoires d'amour foudroyantes et éternelles.

Puis il a laissé retomber le couvercle, il est revenu vers moi et, lorsqu'il m'a lancé « Dites donc, madame Thérèse, un peu de poison dans la camomille de votre mari, ça ne vous est jamais venu à l'idée? », j'ai su que mon « sans famille » acceptait le partage.

Malgré mon corps meurtri, j'avais à nouveau envie de ses trente ans. J'ai emprisonné dans mes bras celui qu'il m'était interdit d'aimer et que j'aimais quand même, mon amour de déraison, ce mot qui rime avec véraison, la saison où, sous la morsure du soleil, le grain prend couleur, rougit et explose.

Avant que ne sonne le ban des vendanges.

Chapitre 32

Vite !

Les coupeurs ont attaqué, remplissant leurs paniers de grappes rondes et lourdes comme des essaims bleutés que les porte-hottes ont recueillies et versées dans les bastes avant que celles-ci ne soient chargées sur la remorque des tracteurs.

Vite !

Arrivées au chai, les bastes ont été vidées dans l'érafloir. Le grain a roulé sur le tapis de chaque côté duquel les trieurs ont écarté les bribes de bois et de feuilles mêlées au raisin, les baies vertes ou pourries, les escargots et autres petits clients gourmands.

– Les pauvres ! s'est exclamée Marie-Jeanne qui, malgré l'interdiction, avait trouvé moyen de se faufiler dans la grande salle carrelée au retour de l'école.

Elle a été mise dehors *manu militari*.

La fermentation a commencé dans les cuves. Gare aux échappées de gaz carbonique.

Vite !

Enguerrand, Joseph et Thierry, grands chefs de la vinification, ont commencé les remontages en pompant le jus au fond de la cuve pour en arroser le chapeau de marc flottant à la surface afin de donner de l'oxygène aux levures et d'apporter couleur et tanin au futur breuvage.

La température des cuves est surveillée jour et nuit.

Vite !

La chaîne ne s'interrompt qu'à l'heure du déjeuner, pris par les vendangeurs dans les anciennes écuries. Le soir, ceux qui n'habitent pas trop loin rentrent chez eux. Pour les autres, un repas est servi, des lits de fortune sont dressés.

Cinq jours ont été prévus pour les vendanges du merlot, quarante pour cent du domaine. On attendra encore une semaine avant de débuter celles du cabernet-sauvignon, plus longues. Dieu fasse que le temps ne se détraque pas.

Vite !

Le maître mot des vendanges : une course contre les possibles salves meurtrières du ciel.

« Tu m'appelles ? » avait dit Guillou.

Devant mon silence, elle a pris les devants.

– Place de la Comédie, vendredi, cinq heures, ça te va ?

Et comme j'hésitais : « Si tu crois que tu as le choix, ma pauvre. »

– C'est Paul ou c'est Enguerrand qui t'envoie ? ai-je riposté.

– Ni l'un ni l'autre, bien pire !

– Aliénor ?

– Pire encore : une curiosité dévorante qui me prive de sommeil.

Un vaste, un fabuleux rire a libéré ma poitrine. Depuis combien de temps ne m'étais-je pas sentie aussi légère ? Comment avais-je pu redouter ce rendez-vous ?

Place de la Comédie, tout près du Grand Théâtre, la terrasse du café fait le plein. Le temps est superbe et la chaleur exceptionnelle en cette fin septembre : trente degrés.

« On s'attend à l'intérieur pour pouvoir parler tranquilles », a précisé Guillou. Traduction : je serai soumise à la question.

J'ai un peu d'avance. Dans la salle obscure, une seule table est occupée. Deux vieilles dames qui papotent autour d'une tasse de thé et d'une assiette de pâtisseries. Je m'installe sur une banquette et sors mon poudrier. Comme après chaque rencontre avec Florian, les joues me cuisent. Depuis que je lui en ai fait la remarque, il évite de se raser avant ma venue : sa façon de marquer son territoire.

Guillou devinera-t-elle que je sors de ses bras ? Sentira-t-elle flotter autour de moi l'odeur du plaisir que mon jeune amant m'a donné ?

— Je t'accompagne, a-t-il déclaré lorsque je lui ai parlé de mon rendez-vous. J'ai deux mots à dire à ta dealeuse sur ses invitations à souper.

— Pas question. J'aurais trop peur qu'elle t'ensorcelle.

— Alors tu jures de boire un pamplemousse-vodka à ma santé ?

J'ai juré, surprise de m'en tirer à si bon compte.

Et voilà ma dealeuse, toute voilure déployée, dans une robe qui ne peut être signée que d'un grand couturier, parée de bijoux étincelants, perchée sur d'immenses talons. Si belle et particulière que j'en regretterais presque que Florian ne soit pas là pour admirer l'entrée en scène.

À peine s'est-elle glissée à mes côtés sur la banquette que le garçon — qui ne s'était pas préoccupé de moi — se précipite. Il y a des personnes comme ça : on se met aussitôt à leurs pieds.

— Qu'est-ce que je vous sers, mesdames ?

J'attaque : « Un pamplemousse-vodka, s'il vous plaît. »

Le garçon écarquille les yeux, ouvre la bouche.

— Deux ! la lui referme Guillou. *On the rock, please.*

Après une seconde d'hésitation, il note et s'éloigne. Mon amie se tourne vers moi, l'œil brillant.

— On se soûle à quoi ?

— À un miracle !

Elle a eu droit à tout : depuis la fête de la Fleur jusqu'à ce verre de l'amitié que nous heurtions lors des passages les plus brûlants. Tout ce que Nano, l'amie de maturité, se serait refusée à entendre par respect pour

« le patron », et que celle de cœur dégustait comme s'il s'était agi du sien.

Édith, George et les autres, amantes passionnées auxquelles elle s'est aisément identifiée, lui ont particulièrement plu. En revanche, Schubert et Monsieur du Tilleul, trop rêveurs à son goût, l'ont visiblement barbée.

– Si je comprends bien, c'est l'extase sur tous les plans, a-t-elle conclu lorsque je suis retombée à ses côtés sur la moleskine.

– Tu sais bien que, pour moi, ça a toujours été tout ou rien, lui ai-je rappelé modestement.

Sans nous en rendre compte, nous avions vidé nos verres. Le sonore claquement de doigts de la comtesse a provoqué chez les vieilles dames aux pâtisseries un sursaut de réprobation.

– Ayez l'obligeance de nous resservir la même chose, a demandé la mal élevée d'une voix suave au garçon aussitôt accouru.

– Tout de suite, mesdames.

– Mesdemoiselles... pour quelques heures, a-t-elle rectifié en adressant un clin d'œil à nos voisines.

Le garçon est reparti en pouffant.

– Sûr que ça va jaser derrière le comptoir, a soupiré Guillou.

– Ai-je droit à une question ?

– Ça dépend.

– Comment Roxelane a-t-elle su que je serais sur son bateau ?

– Si la souris d'Internet m'avait révélé que tu avais piqué son jules à l'armateur, je n'aurais pas inscrit ton nom sur la liste de mes invités.

Le temps que nos rires soient calmés, le serveur était de retour.

– Et voici pour ces demoiselles ! a-t-il claironné en posant devant nous notre resucée de vodka, accompagnée cette fois d'une coupelle de cacahuètes.

– Craindriez-vous, cher monsieur, que nous ne sortions beurrées de votre établissement ? a demandé Guillou d'une voix hautement distinguée.

Et nous avons retrinqué au bonheur d'être bêtes, iconoclastes et irresponsables.

– Un peu de sérieux, a repris Guillemette de Saint-André. N'espère pas en avoir fini avec moi. Côté finances, ça se passe comment ?

– Tu as devant toi une femme entretenue, ai-je répondu. Si je sors mon porte-monnaie, Florian me tue.

C'est elle que ma réponse a tuée. L'amour désintéressé ne faisait pas partie de ses « p'tits coups ».

– Préservatif ?

– Il a vérifié qu'il était clean. J'ai interdiction d'approcher Paul au cas où lui ne le serait pas. Apprends que Florian est très jaloux.

À nouveau, nous avons explosé. Deux gamines. Des gamines, vraiment ? Au fond de nos rires, j'entendais comme le sanglot du temps qui ne se rattrape pas et transforme les rires innocents en copies.

Je suis vite passée à autre chose.

– Ton comprimé magique, c'était quoi ?

– Contre les trous d'air. Délivré uniquement sur ordonnance. Risque d'accoutumance, l'alcool double l'effet.

– Et tu en as toujours sur toi ?

– Nulle n'est à l'abri d'un p'tit coup de blues.

Dans la voix de l'amie de cœur, j'ai entendu comme une fêlure. Fallait-il souffrir d'amour pour découvrir ses plus proches ? Je ne m'étais encore jamais demandé si ma Guillou éprouvait réellement l'éblouissant bonheur qu'elle affichait.

Et puis un jeune homme est entré : long, mince, boucles châtains, l'allure d'un étudiant. Sans nous prêter attention, il s'est assis près des vieilles dames après s'être incliné galamment devant elles.

Lorsque le garçon est venu prendre sa commande, il a pointé le doigt vers mon verre en m'offrant le plus beau des regards d'amour, celui du captif enchaîné et du guerrier triomphant. La fierté de posséder celle dont on a choisi de dépendre.

Par chance, Guillou était occupée à se refaire les yeux et je pense qu'elle n'a rien vu. Sinon, telle que je la connais, elle aurait carrément été demander son nom à Florian. De toute façon, il était « trop » pour qu'elle ait des soupçons, trop jeune, trop beau, trop tout ce qui n'était pas ses « p'tits coups ».

Nous sommes encore restées quelques instants. Elle m'a parlé d'Augustin, que l'approche des vendanges rendait fou. Dans le Sauternais, elles sont plus tardives et durent plus longtemps que chez nous. Une question de bon ou mauvais champignon, de pourriture grise, de souillure. Seuls les grains nobles sont retenus et cueillis un à un, religieusement. « Le nectar des dieux » réclame la perfection. Souillure, noblesse, référence au ciel, on se serait crues dans un roman de Monsieur Mauriac.

Pardonne-moi, Guillou, je t'écoutais à peine. Je ne me lassais pas de regarder le jeune homme en face de moi me dire « Nous nous appartenons, nous nous aimons et nous nous aimerons », comme dans une chanson dont j'avais oublié le nom et l'auteur mais c'était sans importance. Guillou, j'étais heureuse.

Nous avions de la route à faire et il a bien fallu se résigner à quitter ce café où j'aurais voulu rester toute ma vie. Lorsque à la suite de la riche propriétaire, princesse des cœurs et dame des « p'tits coups », passant devant la table de l'étudiant, il a levé son verre en m'adressant une épouvantable grimace, je n'ai pu m'empêcher de penser que, des deux, la reine, c'était moi.

Chapitre 33

Les vendanges du cabernet-sauvignon se sont terminées hier. Le ronronnement des tracteurs ne souligne plus le lever du jour. Seul le pourpre de la feuille éclaire encore les rangs de la vigne sur laquelle plus personne ne s'incline pour la féliciter de ses fruits avant d'essuyer, d'un revers de main, un front moite.

Accrochés au bois bruni des pieds noueux ne restent que les arlots, ces grappillons acides que les vendangeurs leur ont laissés et dont se régaleront les grives lorsque à leur tour ils auront mûri. Thierry affirme avoir vu passer dans la nuit tombante un couple de chevreuils à la recherche d'un dessert.

La vinification se poursuit au chai qu'embaument des arômes de fruit frais et d'alcool. Les cuves, où la fermentation est en marche, chantent sous la pression des bulles qui se pressent et éclatent en surface. Les remontages ne s'interrompent pas. Et voilà que Paul, qui depuis des années se contentait d'en être le spectateur attentif, a décidé d'y participer. Enguerrand et Joseph ont tenté en vain de l'en dissuader.

Des échantillons de merlot sont régulièrement tirés : couleur, saveur, arôme se marient bien. Et brillent les yeux des vignerons.

Ce samedi 7 octobre, c'est la Gerbebaude, fête de fin des vendanges, à laquelle sont invités tous ceux qui y ont participé : une petite centaine de personnes, en comptant les conjoints.

Trois longues tables ont été dressées pour le dîner dans les anciennes écuries. L'apéritif, qui tiendra lieu de hors-d'œuvre, se prendra sous une tente dans la cour éclairée par des projecteurs. Quelques femmes sont venues prêter main-forte à Nano pour le festin : un ragoût d'agneau aux mille saveurs dont elle refuse de révéler la recette, servi avec toutes sortes de légumes frais ou en gratin.

Ceux qui jouent d'un instrument ont été priés de l'amener. On chantera et on dansera jusqu'à l'aube.

– Suis-je invité avec mon piano ? a demandé Florian.

Craignant qu'il ne renouvelle la surprise qu'il m'avait ménagée place de la Comédie, je lui ai fait promettre de rester chez lui. Il a accepté à la condition qu'à trois heures du matin très exactement je me mette à ma fenêtre. Il sera à la sienne et nous nous rejoindrons dans la planète derrière les étoiles.

Il est sept heures. Au bras de Paul qui s'est fendu d'une cravate, nous allons de l'un à l'autre, serrant les mains, félicitant, embrassant. On a parfois peine à reconnaître, dans leurs beaux atours, ceux qui, hier encore, se penchaient sur les vignes, vêtus et coiffés à la diable. Avouerai-je que je les trouvais plus beaux en uniforme de travailleur ?

Nos petits-enfants ont bien sûr été conviés à la fête. Les jumeaux sont arrivés dans l'après-midi. Ils dormiront ici, au dortoir, avec leurs cousins. Les Monnier viendront les reprendre demain après avoir mis Aliénor dans l'avion pour New York, leur évitant ainsi le chagrin des adieux.

Pour l'instant, entre deux raids sur le buffet, ils courent de tous côtés ou se cachent pour espionner ces drôles de « grandes personnes » qui rient et s'amusent comme des enfants. Se construisant, sans le savoir, de précieux souvenirs.

Il est neuf heures. On ne s'entend plus dans les anciennes écuries, où nous nous régalons du ragoût odorant de Nano. Paul et moi présidons une table, Enguerrand et Lise une autre, Thierry et son amie ont pris les plus jeunes à la leur.

Sous ce ciel de poutres qui a vu tant de joyeuses réunions familiales, une nuit de pluie, au moment de nous séparer, Florian avait eu ce cri déchirant : « Pourquoi ? » Lorsque, récemment, j'ai refusé de vivre avec lui, il l'a répété. Ce soir, ma poitrine est lourde d'aimer trop de monde. D'aimer trop.

Il est onze heures. Avant de s'éclipser, Aliénor nous a fait discrètement ses adieux. Qu'a-t-elle voulu dire lorsqu'elle m'a glissé à l'oreille, en me montrant ses garçons : « Je compte sur toi, maman. Ils t'aiment tant. » ?

Elle leur a promis d'être de retour pour Noël avec les cadeaux qu'ils lui ont commandés. Tout en croyant au traîneau magique du Père Noël, les jumeaux envoient leurs parents dans les grands magasins, et s'assurent qu'ils n'ont pas oublié leur carte de crédit.

En somme, ils veulent tout : le rêve et le concret.

J'en connais une autre.

Il est minuit. Un jeune homme a pris sa guitare. Il chante la terre, la vigne, le fleuve. Il chante notre patrie : le Bordelais. Marie-Jeanne vient d'atterrir à mes côtés sur le banc de pierre. Elle appuie sa tête contre mon épaule.

– Ça va, Mamie-Thé ?
– Bien sûr, ça va ! Vous aussi, mam'zelle l'étoile ?

Bref acquiescement de front, hésitation, attaque.

– Pourquoi grand-père a pas voulu qu'on vienne se promener avec vous l'autre jour ? C'était important ce qu'il voulait te dire ?

Je revois le visage de l'espionne derrière les voilages de la chambre de ses parents. Qu'a-t-elle senti ?

– Hyperimportant. Grrrros secret !
– Alors tu me le diras pas ?

— Plutôt mourrrrir.

Elle rit. Normal! L'annonce de ma mort. Ainsi sont les enfants.

— Et pourquoi vous dormez plus dans la même chambre comme papa et maman ?

— Ce secret-là, j'ai le droit de te le dire : ton grand-père ronfle.

— Il dit que c'est toi.

— Le monstre! Il va m'entendre!

— Oh, Mamie-Thé, tu n'as pas honte de parler comme ça ?

— Si, mais j'adore.

Il sera bientôt trois heures du matin. Une musique de danse s'échappe de la cour où la fête se poursuit. Dans le jardin qu'éclaire un quartier de lune, on distingue le blanc de la balancelle sous Monsieur du Tilleul qui se déplume.

Que de fois, avec Florian, avons-nous évoqué les tout débuts de notre rencontre, les fameux « corps célestes » de Marie-Jeanne, devenus corps brûlants par l'opération du musicien du ciel.

Je ferme une seconde les yeux avant de m'élancer vers lui, là-bas, là-haut.

Le charme est rompu.

« Maintenant, ils connaissent mon existence, ça change tout », a dit Florian.

Nous ne sommes plus seuls sur la planète derrière les étoiles. D'autres continents habités, où le temps est prisonnier de calendriers, s'y inscrivent, nous fermant la porte du paradis.

Chapitre 34

Dans la matinée, la pluie a noyé le paysage comme un violent chagrin.

Quelle robe mettrai-je ce soir ?

Florian m'avait appelée hier, tout excité. Il avait une grande nouvelle à m'annoncer et m'invitait au restaurant pour la fêter.

– Je t'attends. Dare-dare.

Son ton rieur indiquait qu'il connaissait ma réponse. « À la longue, on finit par s'habituer », avais-je répondu à Paul lorsqu'il s'était offusqué de me voir prendre à la légère ses infidélités. N'aurais-je pas dû me féliciter que Florian se soit résigné à ne pas m'avoir toute à lui ?

Oh ! mon cœur, j'ai regretté de t'avoir si bien convaincu.

En acceptant l'invitation pour le lendemain, je l'ai quand même surpris. Paul et Enguerrand recevaient des clients japonais à dîner dans un relais-château voisin : geishas à domicile. Je n'aurais même pas à chercher d'excuse pour m'envoler.

Plutôt que chez lui, Florian m'a donné rendez-vous près des jardins de la place Gambetta. « Quartier des bien-pensants », a-t-il ajouté. Où compte-t-il m'emmener ? Et quelle est cette grande nouvelle qui semble tant le réjouir ?

« Faites-vous belle, ma dame », a-t-il ordonné.

Dans l'incertitude, j'ai opté pour la fameuse petite robe noire chère aux grands couturiers et, après une brève hésitation, je l'ai éclairée d'un collier de perles et de boucles d'oreilles assorties.

Belle dame, je serai.

La nuit tombe lorsque après avoir réussi non sans mal à garer ma « brouette », j'arrive sur la place entourée de maisons altières aux fenêtres ornées de mascarons.

Florian sait-il qu'au centre de cette arène autrefois poussait la vigne ? Et que, durant la Révolution, c'était les têtes qu'on récoltait dans des paniers ?

Il m'attendait, s'empare de ma main, m'entraîne sur une pelouse où s'enfoncent mes hauts talons.

– Après l'école, on venait ici avec les copains espionner les amoureux, m'apprend-il en désignant les épais fourrés. J'avais fait le vœu d'y basculer la première femme que j'aimerais.

Il fait mine de m'y attirer : « C'est maintenant ou jamais. »

Je ris et me dégage.

– Il fait encore clair. Après le dîner.

Il rit et me laisse aller.

Ce restaurant chic, fréquenté par la bonne société bordelaise, j'y suis souvent venue, avec Paul ou avec des amis. Rien à voir avec les joyeux bistrots et autres tavernes à artistes ou étudiants où Florian m'a emmenée jusqu'ici et où il m'est arrivé de ne pas me sentir à ma place.

Lui est de ceux qui sont à leur place partout, sans effort vestimentaire ou autre. Dans sa tenue habituelle : jean, T-shirt, baskets, pull jeté sur les épaules, il entre en terrain conquis dans la belle et vaste salle pratiquement déserte à cette heure-là. Dîner avant neuf heures, c'est bon pour les touristes.

Lorsque le maître d'hôtel se précipite et lui serre la main : « Monsieur Delorme, ça faisait longtemps ! », je n'en reviens pas. Après que la dame du vestiaire m'a débarrassée de mon manteau, Florian me conduit d'autorité jusqu'à la table centrale, qui nous a été réservée.

– Ma chère mère y avait son rond de serviette, explique-t-il.

Le fourré aux amoureux... sa chère mère... Florian aurait-il enfin décidé de m'entrouvrir les portes de son enfance, après m'avoir conduite sur les lieux de la mienne ?

Je me garde bien de commentaires. Un mot de trop ou mal choisi, et la porte se referme. Je connais ça avec les enfants.

Il regarde ma sage robe noire, les bijoux que j'ai choisis pour lui et, comme le maître d'hôtel me présente ma chaise, il me désigne.

– Elle est belle, n'est-ce pas ?

Les joues me brûlent. Il vient de déclarer : « Je l'aime. »

L'employé se contente d'approuver avec un sourire.

– Madame désire-t-elle prendre l'apéritif ?

– Deux coupes de champagne, répond Florian pour moi.

Je m'apprête à lui faire remarquer qu'il déroge à notre « pamplemousse-vodka » rituel lorsque mon cœur bondit : les Monnier viennent d'apparaître à la porte du restaurant.

Les beaux-parents d'Aliénor sont seuls. Dans un brouillard de panique, je les vois s'avancer vers nous. Quelle sera leur réaction lorsqu'ils me découvriront... en compagnie ?

Alors qu'ils s'apprêtent à nous dépasser, je plonge le nez dans mon sac, faisant mine d'y chercher quelque chose. Lorsque je me redresse, ils sont en train de s'installer plus loin. Sur la banquette, Régine me fait face, pas moyen de lui échapper.

– Qu'est-ce qui t'arrive ? s'étonne Florian.

Je montre mon mouchoir.

– Parce que tu crois que j'ai l'intention de te faire pleurer ? blague-t-il.

Voici nos coupes, accompagnées de minitoasts variés. J'ose glisser un regard vers Régine. Elle a déployé la carte devant elle : un signe qu'elle m'adresse ? L'agrégée d'histoire est tout sauf une pipelette. Les ragots d'arrière-cour ne l'intéressent pas. Je décide de ne rien dire à Florian. Je ne vais pas lui gâcher sa « grande nouvelle ».

L'œil brillant, il lève sa coupe et la heurte à la mienne.
– Aux JAZZ LOVERS, annonce-t-il.
– Les Jazz Lovers ?
– Les « Amoureux du jazz », le fameux groupe palois qui me fait l'honneur de m'accueillir en son sein.

Le « fameux groupe » m'est inconnu et le jazz étranger. Je ne savais pas que Florian s'y intéressait. Est-ce cela, sa « grande nouvelle » ?

Je bois une gorgée.
– Eh bien... bravo !
– Peuchère, quel enthousiasme ! s'amuse-t-il. Attends un peu que je te raconte.

Et nous voilà repartis vers son enfance.

Ado, il avait eu sa période jazz, sans doute pour emmerder sa « chère mère » qui ne supportait pas cette musique « de sauvages ». Mais toute musique n'est-elle pas bonne à explorer ? Il y avait pris goût et ne se débrouillait pas trop mal.

Il boit une nouvelle gorgée, m'engage à faire de même et me regarde d'un air sévère.

– Si, en septembre, tu n'avais pas refusé de m'accompagner à Pau, je ne serais pas obligé de tout t'expliquer, pauvre ignorante.

Il y trouve un tel plaisir...

C'est face à la chaîne des Pyrénées, où il m'avait conviée à regarder les étoiles avec lui, qu'il avait fait la connaissance du groupe. Le pianiste étant tombé pâle, il l'avait remplacé au pied levé. Il fallait croire qu'il ne s'était pas trop mal débrouillé puisque ledit pianiste ayant rendu définitivement son clavier, les Lovers venaient de lui demander de les dépanner pour un concert qu'ils donneraient en décembre à Bordeaux.

Il tend la main.
– Votre agenda, ma dame, ordonne-t-il.

Les Monnier semblent avoir décidé de nous ignorer. Je prends mon agenda dans mon sac et le lui remets docilement. Ce n'est pas la première fois qu'il s'y inscrira. Un jour, j'ai eu la surprise de trouver son nom éparpillé sur toutes les pages précédant la fête des Fleurs : « Normal, tu n'attendais que moi. »

Je n'attendais que toi.

Il entoure le 15 décembre d'une étoile, y inscrit « Cour Mably » et me rend mon bien.

Cour Mably ? Là, je n'arrive pas à y croire. Partie d'un ancien couvent, près de la cathédrale Notre-Dame, ce « haut lieu de culture », comme disent les guides, loue sa salle Capitulaire pour des expositions ou des concerts haut de gamme.

Mon incrédulité le fait rire.

– Eh oui ! Du jazz chez les Dominicains. Parions que ton parrain va se retourner dans sa tombe.

J'essaie de plaisanter ; ma voix est lamentable.

– Ne crois pas ça. Avec mon parrain, on peut s'attendre à tout.

Même à de la compassion pour une filleule que traverse soudain une sorte de vertige.

Pour la première fois, je sens s'éloigner Florian. Je ne le suis plus. Il me semble « n'être » plus.

Nos coupes sont terminées. Revoici le maître d'hôtel, son carnet à la main.

– Êtes-vous prêts à commander ?

Les Monnier en sont déjà au plat principal. Tandis que Florian élabore le menu avec son comparse en prenant des mines de mécène, je croise le regard de Régine. Il me dit qu'elle et son mari garderont le silence sur notre rencontre.

Comment se fait-il que cette minuscule complicité m'émeuve tant ? J'en ai les larmes aux yeux. Suis-je à ce point écorchée vive ?

Je m'apprête à l'être.

Chapitre 35

Certains, qui prétendent lire dans les étoiles, affirment que tout ce que nous vivons y est gravé à l'avance ; nul ne pourrait échapper à son destin.

Lorsque Marie-Jeanne, le soir tristounet de mes soixante bougies, m'avait envoyée sur la planète où le temps était aboli et que j'y avais rencontré Florian, cette soirée où la descente s'amorcerait y était-elle inscrite ?

Soixante bougies, lui trente. J'assumais la différence. Je n'ignorais pas que c'était elle qui donnait à notre amour sa douloureuse intensité, au plaisir la brûlure particulière d'une ultime flambée.

Je savais qu'un jour le temps retrouverait ses limites, qu'il reviendrait dans les calendriers et ne craignais pas d'en parler à Florian. Alors, il me bousculait. Que nous importait le temps puisqu'il m'aimait telle que j'étais : femme, mère, pourquoi pas grand-mère ? À ses yeux, à son cœur, j'étais l'incomparable. Il aurait voulu le clamer au monde entier.

« N'est-ce pas qu'elle est belle ? »

Ni le venin de Roxelane, ni même cette nuit de la Gerbebaude, où le regard de ceux qui, ayant découvert notre planète, m'avait un instant empêchée de l'y rejoindre ne m'avaient alertée.

Aucun signe du ciel jusqu'à cette date entourée d'une étoile inscrite sur mon agenda.

L'étoile Jazz.

Tout en dégustant le premier plat qu'il avait choisi pour nous, un foie gras aux figues, Florian a entrepris de m'en raconter l'histoire.

Le très ancien ancêtre du jazz était le ragtime. Pourquoi le mot m'a-t-il frappée ? Je l'ai trouvé laid. Il l'était.

– Le « temps désarticulé », a-t-il traduit.

Le temps des amours ?

Il y a des moments où le destin vous envoie des signes fulgurants.

Emporté par son enthousiasme, au seuil d'un nouveau voyage, Florian ne sentait rien venir. N'avait-il pas la vie devant lui ? Tant de planètes à explorer ?

Différents courants musicaux traversaient la planète Jazz, longue partition improvisée à travers laquelle s'exprimait le cœur de l'homme. On y trouvait le cri de douleur des esclaves, la prière, l'incantation, la révolte. Et aussi le merci, l'alléluia, la danse et parfois la folie. Tous les instruments y avaient leur place. Le piano en était le cœur, le plus beau en était la voix.

– À propos, il faudra que je te présente le Microbe.

– Le Microbe ?

– Clara ! Elle est haute comme trois pommes mais elle a un haut-parleur dans la poitrine. Quand tu l'entends chanter, tu n'y crois pas.

Il a eu un rire : « Ce qui ne veut pas dire que c'est gagné pour le concert. Mademoiselle se fait prier ; il paraît qu'elle a le trac. »

Cette tendresse dans sa voix. À nouveau, le vertige m'a saisie.

– Et quel âge elle a, ta Clara ? Tu en parles comme d'une petite fille.

– Mais elle l'est ! Dix-neuf ans, toujours chez papa-maman, nattes et socquettes blanches. Tu la soulèves avec deux doigts.

L'avait-il soulevée ? Comment cette question méprisable, indigne de notre amour, pouvait-elle me venir à l'esprit ?

Il a pris ma main. Cette fois, je la lui ai laissée.

– J'étais bien un petit garçon avant de te rencontrer.
– Grâce à Schubert, lui ai-je rappelé, et ma voix m'a paru lointaine, venue d'ailleurs.
– Grâce au « Petit Champignon » et à Monsieur du Tilleul.
Le « Petit Champignon »...
Le plat principal nous était servi : un filet de bœuf aux girolles. La descente se poursuivait. J'avais dans la bouche le goût de poussière que laissent, paraît-il, derrière elles, les étoiles filantes pourtant si belles à regarder. En commandant ce plat, Florian avait-il oublié que les girolles étaient au menu du souper sur le *Roxelane* et que, le moment venu d'en rire, j'avais fait le serment solennel de ne plus en manger de ma vie ?
Sans voir que je repoussais le champignon empoisonné au bord de mon assiette, il m'annonçait à présent qu'après le concert il organiserait une grande fête chez lui. Il me voulait toute la nuit.
– Tu trouveras bien une excuse. Tu n'auras qu'à dire que tu dors chez une amie.
Avait-il oublié son cri du cœur lorsque j'avais refusé de révéler aux miens la vérité sur notre relation : « On ne va tout de même pas vivre dans le mensonge ? »
Il venait de me le proposer.
Les Monnier n'étaient plus là. Je ne les avais pas vus partir. Je n'avais pas vu cet autre couple s'installer à leur place.
Le dessert est arrivé : un gâteau fait de meringue, café et chocolat. Du temps de mon parrain, on l'aurait nommé « étouffe-chrétien ». J'étouffais.
J'ai déclaré forfait. Florian a dévoré ma part. Non merci pour le café. Il en a commandé un double. Il devrait travailler une partie de la nuit : un peu plus de six semaines pour se plonger dans l'atmosphère du jazz et absorber le programme, ce serait « just ».
Demain, il était attendu à Pau pour une première répétition. Il y passerait le week-end. Pas de problèmes pour se loger, l'un ou l'autre des Lovers l'hébergerait. Même en riant, il ne m'a pas proposé de l'accompagner.

L'addition venue, il l'a attrapée au vol. Peut-être un autre jour aurais-je protesté pour la forme, je ne l'ai pas fait. La forme, les règles, l'apparence, bien se tenir, se conduire, soudain tout cela me paraissait vain, poudre aux yeux, théâtre et autant en emporte le vent.

C'est que je venais de comprendre que cette nuit – jazz oblige –, nous ne ferions pas l'amour, ni dans les fourrés de l'enfance, ni dans la pièce à musique. Ce serait la première fois depuis un soir de 14 juillet, où du champagne m'attendait sur le piano et où, aux accents d'un impromptu de Schubert, il m'avait prise dans ses bras.

Ne m'avait-il pas avertie ? « Maintenant ou jamais. »
Le moment est venu de s'en aller.
– Mon Dieu, vois-tu ce que je vois ? s'est-il exclamé.

Des tables qui s'étaient toutes remplies sans que j'y prête attention, de nombreux regards, plus ou moins discrets, se tournaient vers le couple que nous formions, des sourires plus ou moins entendus étiraient les lèvres, des messes basses étaient échangées.

– Eh bien, on va leur en donner pour leur argent, a décidé Florian.

Nous nous sommes levés et il a entouré mes épaules de son bras.

« Sois prudente, m'avait recommandé Enguerrand. Évite de te montrer en ville avec lui. »

Je ne me suis pas dérobée.

Ce matin, choisissant avec soin la fameuse petite robe noire et le collier de perles qui me feraient belle dame, aucune prémonition, aucune intuition venues du ciel ne m'avaient avertie que je traverserais cette salle, enlacée par mon amant, entre une haie de regards rieurs, réprobateurs ou ironiques, comme ceux des mascarons qui, depuis des siècles, accompagnent les destinées des Bordelais.

Et comment aurais-je pu me douter qu'arrivée à la porte, je me retournerais et lancerais haut et fort aux bien-pensants :
– Et alors ?

Chapitre 36

L'écoulage du merlot est terminé, le vin de goutte mis en barrique. Bientôt viendra le tour du cabernet-sauvignon.

Après la fermentation malolactique, qui rendra plus douce la saveur du vin, l'élevage débutera. Il durera une année ou davantage et se terminera par la mise en bouteille.

Mais avant cela, il faut procéder au décuvage.

Pellicules de fruit, pépins et autres substances solides qui forment le marc vont être extraits des cuves, pressés et entonnés à leur tour. L'opération est périlleuse car, en partie basse, peuvent se loger des résidus de gaz carbonique. Chaque année, des accidents plus ou moins graves sont à déplorer. C'est pourquoi on a d'abord longuement aéré les cuves avant que les hommes s'y introduisent au moyen d'une échelle. Avant chaque intervention, une bougie allumée est descendue. Si la flamme s'éteint, il y a danger.

Que s'est-il passé dans la tête de Paul ? Voilà qu'après avoir insisté pour participer au remontage, il a décidé de décuver. À nouveau, Enguerrand et le Médocain ont tenté de s'y opposer : en vain. Je lui ai moi-même demandé de renoncer à cette idée ridicule.

– Ridicule ? Vas-y, dis-le, tu me prends pour un vieux. Il est vrai que maintenant madame fréquente les musiciens.

Depuis qu'une nuit où il s'était glissé en douce dans mon lit et où je l'en avais viré aussi sec, Paul est jaloux. De la jeunesse de Florian.

— Avant, tu voulais bien.
— C'est terminé, Paul.
— À cause de mon cercle ?
— À cause de moi. Je n'ai plus envie.

De colère, il a lancé : « Avoue que tu n'as jamais aimé ça ! », retenant de justesse le mot infamant : « frigide ».

Il eût été facile de répondre : « Comme ta mère. » J'ai trouvé plus charitable d'avouer. Et comme mes joues s'enflammaient devant l'énormité du mensonge et certains souvenirs, prenant ma confusion pour de la honte, Paul n'a pas caché un plaisir mauvais.

Une dizaine de jours sont passés depuis mon dîner avec Florian. À deux reprises, il s'est rendu à Pau. S'il m'avait proposé de l'y rejoindre, qu'aurais-je fait ? Aurais-je trouvé l'excuse ?

Chez qui est-il logé ? Où a-t-il trouvé un piano pour répéter ? Avec qui prend-il ses repas ? Que fait-il lorsqu'il ne travaille pas ?

Sitôt rentré, il m'a appelée.

— Tu m'as manqué. Je n'arrête pas de leur parler de toi. Ils veulent tous te connaître.

Il m'aime.

— Clara n'a toujours pas daigné donner sa réponse pour le 15, m'a-t-il appris. J'arriverai bien à la convaincre.

Cette tendresse rieuse dans sa voix...

Je suis jalouse : de cette musique qui m'est étrangère, des Lovers, de « la petite fille qui a un haut-parleur dans la poitrine ». Je ne cesse de passer et repasser dans ma tête les mots que Florian emploie pour me parler du « Microbe ».

Trente ans me séparent de lui, quarante de Clara. À qui convient le mieux le mot « ridicule » ?

Le « Et alors ? » lancé au restaurant me brûle les lèvres. « Et alors, oui, nous nous aimons. » « Et alors, l'âge n'y fait rien. »

Il m'arrive d'avoir envie de le crier au monde entier.
Avant qu'il ne soit trop tard.
Maintenant.

C'est les vacances de la Toussaint pour les enfants. Aujourd'hui, ils passent la journée chez les Monnier : une séance de cinéma est au programme. J'ai eu Régine au téléphone : voix chaleureuse habituelle. Complice ? J'en éprouve une reconnaissance exagérée. Comme vis-à-vis de Guillou.

Mais quand, déjà, ai-je dit à mon amie : « Je suis heureuse » ?

Ce matin, il faisait gris, triste, brouillardeux, à l'image de mon cœur. Enguerrand a allumé une flambée au salon, espérant y retenir son père qui a décidé de participer au décuvage cet après-midi.

Échec complet ! Après le déjeuner léger, Paul a enfilé son plus vieux pantalon, un pull bon pour la décharge, il a chaussé ses bottes et il a pris le chemin du cuvier.

Sans doute aurait-il aimé que j'assiste à l'exploit. J'ai préféré lire tranquillement au salon. Je ne suis pas inquiète : l'entêté sera bien entouré.

Une demi-heure n'est pas passée que des cris retentissent dans la cour. Le cœur battant, je me précipite.

C'est bien mon mari que quatre hommes transportent sur une civière de fortune. Sur le moment, je le vois couvert de sang. Nano me rejoint, son portable à la main.

– C'est du marc. Monsieur Paul est tombé dans la cuve. On l'en a sorti à temps. Je viens d'appeler les pompiers. Ils arrivent avec un médecin.

– Vite, dans le bureau, et ouvrez les fenêtres, ordonne Enguerrand.

On étend l'accidenté sur le divan, un coussin sous la nuque. Tant pis pour les dégâts. Les yeux fermés, la bouche grande ouverte à la recherche d'air, il exprime des sortes de râles.

– Ça va aller, papa, calme-toi, respire, respire à fond, supplie notre fils.

Tandis qu'on lui retire ses bottes, Nano court chercher une cuvette d'eau tiède. À présent, elle nettoie le visage maculé avec des gestes maternels. À la porte, le Médocain et Thierry suivent les opérations, le front plissé par l'inquiétude, les lèvres serrées. Comme un tourbillon m'emporte où se mêlent la peur, le remords et la colère. C'est pour m'épater que Paul a pris ce risque idiot. Je lui en veux pour ne pas trop m'en vouloir, à moi.

– Mon chéri...

Reconnaissant ma voix, Paul entrouvre les yeux et me cherche. Je caresse sa joue : « Je suis là. » Et lorsque, rassuré, il baisse à nouveau les paupières, les larmes affluent sous les miennes.

– Quelle drôle d'idée d'avoir voulu prendre un bain de vin ! blague Enguerrand d'une voix brouillée.

Dans la cour retentissent les sirènes des pompiers.

Tandis que Joseph emmenait les militaires visiter la cuve où s'était produit l'accident, le médecin est venu s'occuper du blessé.

C'était un homme d'une trentaine d'années, au visage beau et fort. Tenant à vérifier qu'en tombant Paul ne s'était rien cassé, il a demandé qu'on le dévête complètement.

Alors qu'Enguerrand défaisait la ceinture de son pantalon, Paul m'a repoussée.

– Va-t'en !

J'ai quitté la pièce.

Pourtant, ce corps de vieux monsieur, avec ses bourrelets, sa chair flasque, le maigre nid de poils grisâtres sur sa poitrine blême, et ce que j'appellerais pudiquement « le reste », je le connaissais par cœur. Il y avait encore quelques mois, il m'arrivait de le caresser. Mais pour un si piètre résultat que j'acceptais fort bien qu'il s'adresse à d'autres, plus expérimentées et motivées par des cadeaux.

L'examen terminé, le médecin m'a rejointe au salon, accompagné d'Enguerrand, l'air soulagé.

– Tout va bien, madame, m'a-t-il rassurée. Votre mari a eu de la chance. Rien de cassé et la respiration est normale. Je ne pense pas qu'il ait absorbé de gaz. Obligez-le à se reposer. Il a quand même subi un choc.

Il m'a souri : « Et il n'a plus l'âge de ces jeux-là. »

Ces jeux-là...

Après qu'il a rédigé l'ordonnance, nous avons tenu à le raccompagner jusqu'au camion rouge où l'attendaient les autres soldats du feu.

Tous ceux qui travaillaient au domaine étaient rassemblés dans la cour, par petits groupes raides et silencieux.

À mi-chemin, le médecin s'est arrêté.

– Voilà ce que c'est que de vouloir goûter avant l'heure au fruit de son travail, a-t-il lancé. Avant d'ajouter : Rassurez-vous, il va très bien.

Les visages se sont détendus, il y a eu quelques rires et les hommes s'en sont retournés au cuvier.

Lorsque Marie-Jeanne et Merlin sont rentrés de Bordeaux, Enguerrand a convoqué au salon une réunion extraordinaire. Il a expliqué à ses enfants pour la cent millième fois les dangers du gaz, provoqués par la fermentation du vin. Et comme ils soupiraient, il leur a raconté que leur grand-père avait fait une chute dans la cuve alors qu'il l'a nettoyait. On avait dû appeler les pompiers. Par bonheur, tout s'était bien terminé.

C'était encore mieux que le film qu'ils avaient vu au cinéma. Ils ne se lassaient pas de poser des questions. En plus, ils ont eu l'autorisation d'aller embrasser le héros qui leur a raconté l'histoire à sa façon.

Entre larmes et rires, je me suis éclipsée.

La flamme de la bougie descendue dans la cuve n'ayant pas un instant cessé de brûler, c'était très probablement en manquant un barreau de l'échelle que Paul était tombé. Mais Enguerrand est le plus affectionné des fils et c'est souvent avec de pieux mensonges que se forgent les plus belles légendes familiales.

Cette nuit-là, j'ai tenu à dormir dans un lit dressé à côté de celui de mon mari. Le ronflement habituel me rassurait tout à fait sur son état et, comme j'avais du mal à trouver le sommeil, je me suis autorisée à ajouter à l'aventure la petite note d'humour qui permet, si l'on peut dire, de la digérer.

« Dites donc, madame Thérèse, un peu d'arsenic dans la camomille de votre mari, ça ne vous est jamais venu à l'idée ? », m'avait demandé un jour Florian, faisant allusion à la façon dont l'héroïne de François Mauriac avait tenté de se débarrasser de son époux.

Que mon parrain me pardonne, mais chez nous, pas besoin d'empoisonner les boissons. Au besoin, les cuves se chargent du travail.

Chapitre 37

La vigne a perdu ses feuilles. On a entouré ses racines d'un chaud cocon de terre où descendra la sève, pour jaillir à nouveau dès les premières chaleurs.

La fin de la dormance est venue, la taille a commencé par endroits. Elle se terminera vers le mois de mars avec le retour du soleil.

Lorsque le soleil reviendra, où en serons-nous, mon amour ?

Avec le temps, certains ceps deviennent stériles. On les voit s'affiner, s'effiler. Ils montent haut au-dessus du fil de fer qui relie l'ensemble, comme cherchant à fuir vers le ciel. Ces pieds-là devront être arrachés et remplacés par de plus jeunes.

Dans les brouillards d'automne monte la fumée odorante des feux de sarments.

Après le merlot, le cabernet-sauvignon a été mis en barrique. L'élevage se poursuit.

On parle du vin comme d'un enfant plein de promesses que l'on regarde grandir et prendre couleur avec amour, avec espoir. Il est régulièrement goûté. Quelle sera la saveur du futur prince ? Son bouquet sera-t-il assez subtil ? On dit de lui qu'il gagne en âme.

Florian se donne corps et âme à la préparation de son concert. Plus que deux semaines. Le groupe est venu répéter Cour Mably afin de se familiariser avec les lieux. Je souhaitais assister à la répétition, il a refusé.

– Je veux que tu aies la surprise.

En revanche, il a insisté pour que je dîne avec les Lovers dans l'une de ses tavernes à étudiants.

– Vas-tu enfin accepter de les rencontrer ?

J'ai décliné l'invitation.

Peur ? Timidité ? Moi, je n'ai pas de haut-parleur dans la poitrine. Rien qu'un signal d'alarme qui ne cesse de sonner.

Une surprise ? J'ai décidé de lui en faire une en lui fêtant son anniversaire.

« Ne me parle pas de malheur », s'était-il exclamé un jour où je lui en demandais la date. Avant d'ajouter, avec l'habituel petit rire d'humour : « D'ailleurs, je l'ai oubliée. »

Je l'ai trouvée dans la courte bio qui accompagnait le nom de chaque musicien engagé pour la fête de la Fleur. Florian Delorme aura trente et un ans le samedi 1er décembre : après-demain. Une chance, il sera à Bordeaux.

Lorsque je lui ai annoncé que je passerais la soirée chez lui, il s'est exclamé, tout heureux : « Un samedi ? Ma dame s'émancipe ! » Je ne pense pas qu'il se doute de quoi que ce soit.

Je n'ai encore jamais rien offert au jeune homme que j'aime. Non que je n'en aie éprouvé l'envie, mais un vilain mot me retenait : « gigolo ». Je pensais aussi aux cadeaux que Paul offrait à ses « gigolettes » et dont les doubles atterrissaient dans ma cassette. Entre Florian et moi, l'amour est désintéressé.

Quel sera mon présent ? J'y ai longuement réfléchi. Une montre ? Il se fait un point d'honneur à n'en pas porter : est-ce que l'on « pointe » lorsqu'on vit sa passion ? Un briquet ? Il ne fume pas. Les joujoux électroniques ne l'intéressent pas plus que ça. Je me suis finalement décidée pour un pull. Il en a toute une collection, les préférant aux vestes.

Et le mot « présent » prendra tout son sens. Même lorsque nous serons séparés, je resterai « présente » sur sa peau.

Quelle taille ? Il me faut un modèle. C'est ainsi qu'après m'être assurée que Florian n'était pas à Bordeaux, je me suis introduite chez lui.

« Tu viens quand tu veux, jour ou nuit, jour ET nuit », m'avait-il dit en me remettant la clé de son appartement, quatre mois auparavant. Quatre mois seulement ? Quatre mois déjà ?

« Et si je ne te trouvais pas seul ? »

« Je ne suis jamais seul, tu es toujours là. »

Suis-je à Pau avec mon lover ?

La pièce à musique est dans un ordre impeccable, implacable. Aucun verre, aucune canette, aucun journal ne traînent sur le sol. Les livres, pour la plupart des poches, forment bibliothèque le long des murs.

Eh bien si ! Je lui ai donné un cadeau : *Thérèse Desqueyroux*, afin qu'il sache de quoi j'étais capable. En échange, il m'a offert *Le Petit Prince* de Saint-Exupéry, l'explorateur de planètes, l'amoureux d'une fleur, son livre favori.

J'avance dans la pièce sur la pointe des pieds, comme si j'étais en faute et craignais d'être surprise. « Salut, camarade miroir ! »

Les partitions sont en piles sur le piano. Un drap propre recouvre le doux amoncellement de coussins. La femme de ménage, qu'il m'est arrivé de croiser, est passée par là. Elle a éteint le chauffage, il fait un froid de loup.

Jamais encore je n'étais venue seule chez Florian. Et toujours la musique m'y accueillait. N'est-elle pas à la racine de notre rencontre ? Le terreau sur lequel a fleuri l'amour ?

Aujourd'hui, comme une barrière de silence glacé semble me rejeter.

Par défi, « Thérèse » prend place sur le tabouret du piano, soulève le couvercle à l'abri duquel dorment les touches noires et blanches. Noires-chagrin, blanches comment ? Comme une nouvelle page que Florian s'apprête à tourner avec le jazz ?

M'y inscrirai-je ?

Au hasard – je n'ai jamais appris à jouer –, j'appuie sur quelques touches. Claquent dans la pièce des sons froids, sans couleur, sans émotion, sans lien, sans rien. Sans toi.

Je tombe.

Le couvercle rabattu, je cours vers le placard aux portes coulissantes derrière lesquelles s'amoncellent, en un fouillis d'ado, les vêtements de Florian, choisis un pull qu'il porte souvent et m'enfuis.

Dans la rue Sainte-Catherine, c'était déjà Noël. La foule se pressait sous les guirlandes argentées entre lesquelles scintillaient des étoiles de toutes les couleurs.

« N'attendez pas le dernier moment pour acheter vos cadeaux », ne cessait-on de recommander à la radio.

J'avais commencé à établir la liste de ceux que j'offrirais aux miens. Cette année, j'avais pris du retard, il allait falloir que je m'y mette.

Dans combien de boutiques ai-je traîné avant de trouver mon bonheur – est-ce ainsi que l'on dit ? J'ai commencé par celles de luxe, où aucun pull ne m'a plu : trop classiques, tape-à-l'œil, faits pour des « quinquas ».

C'est finalement dans un grand magasin vendant des marques appréciées par les jeunes, où j'avais emmené Marie-Jeanne, que l'un m'a semblé convenir : un pull en cachemire beige traversé par de fines rayures de couleur.

Du bonheur, j'en ai éprouvé brièvement lorsque j'ai appliqué le modèle choisi sur celui que j'avais emprunté à Florian, que je l'ai apprivoisé, caressé, dans lequel je me suis glissée en pensée. Pour un peu, je l'aurais embrassé.

Une vendeuse regardait par-dessus mon épaule.

– Ça devrait aller. À condition, bien sûr, que le jeune homme ait fini de grandir.

– Je crois qu'il a fini, ai-je répondu.
J'avais eu l'intention de rapporter mon emprunt chez Florian, je suis rentrée à la maison avec les deux. Après tout, ne m'avait-il pas chapardé une jupe et un T-shirt soleil ?
Je les avais même un jour retrouvés étalés sur son piano.

Chapitre 38

– Tu sors le samedi, maintenant ? râle Paul. Tu ne pouvais pas choisir un autre jour pour fêter l'anniversaire de ton pianiste ?
– Il était difficile de changer sa date de naissance.
– Et il est né quand ?
– Il va avoir trente et un ans.
– Madame lui offre quoi ?
Pour Florian, c'est « ma dame ».
– Un pull.
– Il est frileux, le pauvre minou ?

J'ai été sur le point de demander à mon époux s'il aurait préféré que j'offre un bijou à mon « minou », comme lui à ses minettes.

De moins en moins envie de mentir. De moins en moins envie de tricher. Et Paul qui s'énerve de plus en plus de mon attachement à celui qu'il n'appelle plus mon protégé, mais mon « béguin », ouvrant sans le savoir la porte à une nouvelle explication qu'à la fois je souhaite et redoute.

« Tu lui dis tout, tu fais ton sac et tu viens. »
Florian le désire-t-il encore ?
À lui, je n'ai pas « tout » dit. J'ai préféré garder pour moi l'accident arrivé à Paul. Par respect pour mon mari ; mon « béguin » aurait bien été capable d'en rire. Même à voix basse, la conscience de « Thérèse » lui parle encore de droiture.

Il y a deux jours, la rue Sainte-Catherine était encombrée. En cette fin d'après-midi de samedi, on n'y circule quasiment plus et la musique qui beugle dans les haut-parleurs vous donne envie de fuir. J'éprouve un léger mal de tête et la gorge me gratte. Suis-je en train de couver une grippe ?

J'ai pris chez le traiteur de quoi faire un souper pique-nique royal, incluant champagne et gâteau à bougies. Comme je monte l'escalier de Florian, tout encombrée de mes paquets, j'entends, là-haut, les accents joyeux d'une musique que je ne saurais nommer : fox-trot ? be-bop ? Un air de danse.

Soudain angoissée, je m'arrête sur le palier.

« Ne parle pas de malheur »...

Et si ma surprise déplaisait à Florian ? Si elle réveillait de trop douloureux souvenirs ?

Je me revois, caressant mon présent. Est-ce mon bonheur ou le sien que j'ai cherché en décidant de lui souhaiter un anniversaire dont il ne voulait pas ?

Un peu tard pour y penser. Je tourne la clé.

Tout à son jeu, il ne m'a pas entendue entrer. Je pose les cartons du traiteur près de la porte et m'avance avec mon paquet-cadeau.

– Bon anniversaire, mon cœur.

Il s'interrompt net, tourne vers moi ses sourcils froncés.

– Tu n'avais pas le droit.

... Avant de réunir, en un long arpège, les notes noires et blanches du clavier, se jeter sur moi, massacrer le beau papier orné d'étoiles, en sortir le pull, l'enfiler, me serrer contre lui à m'étouffer.

Mon soulagement est tel que ma gorge est en feu. Est-ce cela aimer ? Jamais d'accalmie ? Jamais de rémission ?

– Comment as-tu su ? gronde-t-il.
– Les étoiles me l'ont dit.

Il lève les yeux, tend l'oreille.

– Ah, les coquines ! s'exclame-t-il. Devine ce qu'elles viennent de m'ordonner : faire l'amour dans du poil de chèvre.

Plus tard, il a raconté.

Lorsque enfant il était invité aux anniversaires des copains, il s'y rendait toujours les mains vides. Comme si sa chère mère n'avait pas autre chose à faire qu'à courir les boutiques à la recherche d'un cadeau. Il ne pouvait pas davantage rendre les invitations, seule la musique ayant droit de cité dans l'appart. C'est ainsi qu'il avait préféré oublier le jour funeste. D'autant que, d'après ce qu'il avait compris, il était le superbe fruit d'un accident.

– Vive les accidents! ai-je clamé en mordant à belles dents dans le fruit défendu, ne me lassant pas de son odeur, son goût, sa saveur, berçant ma peur en m'assurant que l'amour était bien là, dans mes bras, entre mes lèvres, m'en repaissant tant et si bien que cela m'a valu une injonction à parfaire le travail, jusqu'à plein épanouissement du fruit, avant d'être, une nouvelle fois, l'objet de sa gourmandise.

Plus tard encore, je me suis étonnée.

– Tu ne me feras pas croire que personne ne te souhaitait ton anniversaire. Tu avais bien des grands-parents quelque part pour s'en souvenir.

– Tout le monde n'a pas ta chance. Plus personne du côté de mon père. De celui de ma mère, une pauvre mamie qui avait oublié toutes les dates. De loin en loin, mes géniteurs se souvenaient que je n'étais pas une fausse-couche. Alors ils m'emmenaient au restaurant où j'avais droit à un gros billet sous ma serviette et à un gâteau avec des bougies que tous les cons des autres tables applaudissaient, même s'ils se foutaient de moi comme de l'an quarante.

Pour la forme?

Ses yeux se sont remplis de malice.

– Demande donc aux étoiles à quoi était le gâteau?

– Meringue café-chocolat.

Celui qu'il avait choisi dans l'établissement où sa « chère mère » avait son rond de serviette.

Oui, madame la vendeuse, le jeune homme a fini par grandir. D'ailleurs, ne m'avait-il pas dit, le soir du gâteau commandé dans la joie pour nous deux : « J'étais un petit garçon avant de te rencontrer » ?

En peignoir dans la cuisine, je disposais artistiquement les canapés du traiteur sur un plat tandis que Florian s'apprêtait à ouvrir la bouteille de champagne lorsque l'interphone a sonné. Il a couru répondre.
– Mais qu'est-ce que vous foutez là ? l'ai-je entendu s'exclamer en riant. J'exige le nom du traître.

Il a actionné le bouton d'ouverture et m'a rejointe en enfilant son pantalon.
– Il semblerait qu'on ne puisse même plus souffler ses bougies tranquille, a-t-il fait mine de s'indigner. Voilà Pau qui débarque. Ça ne t'ennuie pas trop ? Je vais enfin pouvoir te présenter.

Un troupeau de chevreaux escaladait l'escalier. Un concert de sabots heurtait la porte. J'ai rassemblé mes vêtements en vitesse et je me suis enfermée dans la salle de bains.

Dans le miroir à trois faces, je regarde une femme au visage fatigué par l'amour. Les sillons sur le front et au bord des lèvres. Les éventails au coin des yeux.

« Je vais enfin pouvoir te présenter. »

Qu'a dit Florian de moi à ses Lovers ? Qu'il m'aimait ? Je n'en doute pas. Que je n'étais pas libre ? Eux doivent s'en douter. Leur a-t-il parlé de ma nombreuse famille ? Leur a-t-il révélé mon âge ?

J'ai oublié sur le piano le sac où j'emporte toujours de quoi faire des « raccords », tentant de relier temps passé et présent par l'artifice du maquillage. Sur la tablette de toilette ne se trouve que le nécessaire pour se brosser les dents et se raser, ainsi qu'un vaporisateur d'eau de toilette nommé « Suspense ». Signe du ciel ?
– Mais qu'est-ce que tu fabriques ? Tout le monde t'attend, proteste Florian à la porte.

Ils étaient une dizaine, mi-Blacks, mi-Blancs, garçons en uniforme jean, pull, baskets ; filles arborant sur leur pantalon plusieurs hauts superposés, comme j'en avais vus dans le grand magasin où j'avais acheté le pull de Florian. Tous à peu près du même âge : 25-30, sauf une petite, nettement plus jeune.

Florian a entouré mes épaules de son bras.

– Ma magicienne ! a-t-il dit simplement.

Des applaudissements ont crépité, un petit air de flûte a fusé.

Puis il m'a présenté un à un les « Lovers », les désignant par leur prénom et le nom de leur instrument.

Cela donnait : « Romain, la contrebasse. Patrick, le saxo. Georges, la trompette... » Cela a donné : « Clara, la voix. » Fluette, visage sans fard, cheveux blonds nattés et deux yeux bleus de petite fille qui ne parvenait pas à cacher sa stupéfaction.

Au « Microbe », Florian n'avait certainement pas révélé l'âge de la magicienne.

Elle m'a tendu la main.

– Bonjour, madame.

– Pourquoi ne fais-tu pas la révérence, pendant que tu y es ! s'est moqué Florian.

Ensuite, ils sont passés aux choses sérieuses. Ils avaient fait bourse commune pour offrir à leur ami un mobile dernier cri qui faisait tout, y compris des photos bien sûr, et qui a été utilisé sur-le-champ.

La date immortalisée, ils ont ouvert des bouteilles et déballé des provisions dont un gâteau qu'en cachette ils ont recouvert de trente-deux bougies : une supplémentaire pour la chance.

Florian faisait le clown à son clavier, d'autres chantaient, on ne s'entendait plus. J'ai récupéré mon sac sur le piano, près du champagne qu'il n'avait pas eu le temps de déboucher.

Il me semble que personne ne m'a vue lorsque je me suis éclipsée.

Chapitre 39

– Pourquoi tu t'es sauvée ? râle Florian au téléphone. Je t'ai cherchée partout. Personne n'a compris.
Personne ? Vraiment ?
– Je couvais une grippe. D'ailleurs, je suis en plein dedans.
– Température ?
– Des tonnes.
Et aussi des tonnes sur le cœur.
– Tu veux que je vienne te soigner ?
– Autant renoncer à ton concert : virus virulent.
Il rit.
– À propos de virus, tu as raté une grande nouvelle : le Microbe s'est décidé. Clara sera là le 18. Il était temps.
Je ne veux plus de grandes nouvelles, de surprises que l'on dit bonnes et qui vous font dégringoler du ciel. Je ne veux plus de date entourée d'une étoile sur mon agenda.
Je veux revenir au temps des visites des trésors de la ville sous le haut patronage de Schubert. À l'ombre, au secret, et même à l'hypocrisie, qui me permettaient d'espérer garder toutes les sortes d'amour.
Au temps où j'étais la seule actrice du bonheur de Florian ?
– Puisque ma dame est condamnée à la chambre et qu'elle refuse de m'y recevoir, je vais repartir dès cet

après-midi avec les Lovers, m'apprend Florian. La seule chose qui me tue, c'est que si tu rajoutes une lettre à Pau, ça fait Paul. Pau-Paul, Popol, Pol-Pot... Je reviens dès que tu auras fait la peau à ton virus. En attendant, je t'appelle tout le temps.

– J'espère bien.

– C'est vrai que tu as une drôle de voix. Une voix de Petite Ourse nébuleuse. Devine dans quoi je suis ?

– ? ? ?

– Dans le pull de l'étoile Chèvre. Sans blague, elle existe. Sise à côté de l'étoile Castor. Crois-tu que Sartre le savait quand il sautait la Beauvoir ?

Il m'a eue. Voilà que je ris moi aussi.

– Qu'est-ce que c'est que cet affreux pull ? demande Paul. Il ne te va pas du tout.

Pau-Paul, Popol. Je n'irai pas jusqu'à Pol-Pot. La jeunesse a de ces excès de langage...

– C'est un pull de Florian. Il m'a servi de modèle pour celui que je lui ai offert pour son anniversaire.

Paul ricane.

– Eh bien ! il doit être gratiné, ton cadeau ! Et je parie que c'est chez lui que tu as attrapé ta grippe.

– Ça se pourrait bien.

Les virus attendent leur heure, tapis au fond de notre cœur. Une pièce glacée, la solitude, un état de moindre défense et ils vous sautent dessus. Ils vous tordent le ventre. Ils vous empêchent de respirer. À partir d'un certain âge, il est recommandé de se faire vacciner. On n'a pas encore découvert de vaccin contre l'amour.

Paul a fait venir le médecin. S'il avait pu, il aurait appelé celui des pompiers. J'ai été mise sous antibiotiques et interdite de sortie pendant une semaine. Jamais je n'avais vu homme si heureux de la maladie de sa femme, attentif, aux petits soins, gai pour deux.

Il a perdu un peu de sa bonne humeur lorsqu'un bouquet de roses de toutes les couleurs est arrivé avec une carte parsemée de notes de musique qui pouvaient bien chanter : « Je t'aime. »

— Ton pianiste t'envoie des fleurs, maintenant ?
Et alors ?

Le bouquet de roses s'épanouit sur ma commode. Comme une gamine, j'ai caché la carte sous mon oreiller. Dans un brouillard de fièvre, je m'imagine debout sur la balustrade du pont de pierre, la main dans celle de Florian.

« Maintenant ou jamais. »

Tandis qu'à côté de mon lit, Paul feuillette son journal, je me livre sous mes paupières fermées à d'indignes calculs.

Si je me jette à l'eau, que se passera-t-il ?

D'abord, Paul n'y croira pas. Sa femme avec le hippie musicien ? Impossible. Lorsqu'il lui faudra bien admettre la vérité, il évoquera une crise de folie. À une autre époque, il me ferait enfermer. À une plus ancienne, il m'empoisonnerait. Aujourd'hui, il se contentera de refuser le divorce. Chez les Aiguillon, on reste ensemble, au moins pour la galerie, dans les cadres dorés. Il espérera mon retour à la maison : maison-raison. Je le soupçonne d'être capable de me pardonner.

J'entends les pages du journal tourner. Mon cœur se serre en pensant à sa peine. Et qui lui fera SA bien-aimée mayonnaise et SA salade de pommes de terre tièdes, en n'oubliant pas les échalotes hachées menu ?

Enguerrand ? C'est pour lui que je souffre le plus. Le fils plus âgé que l'amant. L'image de la mère salie, déchirée. Douleur, colère. Pas sûr que lui pardonnera. Heureusement que sa Lise sera là pour le consoler.

En ce qui concerne Aliénor, je ne me fais aucune illusion : la rupture sera totale, sans appel. Ma fille est d'une seule pièce. Il n'est qu'à voir la façon dont elle a traité ce malheureux Gérard. Pas de quartier : tu suis ou tu dégages. Son cœur serait-il imperméable à la pitié ? Bizarre comme nous sommes différentes. J'ai la larme facile et mon cœur à moi ne cesse de balancer.

La phrase de ma fille la nuit de la Gerbebaude, alors qu'elle me confiait ses enfants, me poursuit : « Je compte sur toi, maman. Ils t'aiment tant ! » Peut-être sera-t-elle moins étonnée que les autres.

Une certitude : tout sera fait pour que l'affaire ne s'ébruite pas, réputation de la famille oblige. Pour expliquer mon absence, on parlera de voyage, changement d'air, pourquoi pas d'humanitaire, de don de soi aux autres ? Marie-Jeanne, la seule à avoir rencontré le voyageur de la planète hors du temps, n'y croira pas une seconde. Elle éclairera Merlin, qui éclairera ses cousins. Les Monnier garderont le silence. La télévision préparant les enfants aux amours les plus diverses, quelque chose me dit que je ne les perdrai pas. Les fils de l'amour se renoueront, n'est-ce pas, petite étoile ?

Je n'oublie pas Nano, son Médocain, Thierry, tous ceux qui travaillent au domaine et que lient à nous les bras noueux de la vigne. Comment réagiront-ils ?

Je les revois un soir d'orage alors que la grêle menaçait la récolte. Et, plus récemment, attendant dans la cour le verdict du médecin après l'accident de Paul. Ils aiment leur patron. En le trahissant, je romprai les liens du sang qui nous unissent tous à la vigne.

Quant aux bien-pensants de Bordeaux ou d'ailleurs, ils peuvent aller au diable.

– On dirait que nous avons fait un petit somme, s'attendrit Paul lorsque, mon tour d'horizon terminé, je rouvre les yeux.

Et j'ai envie de lui prendre la main et de lui dire que quoi qu'il arrive, je continuerai à l'aimer beaucoup.

Chapitre 40

La fièvre est tombée. Ce soir, j'effectuerai ma première « sortie » en franchissant les quelques mètres qui séparent l'appartement de celui de notre fils, chez qui nous sommes invités à dîner.

Comme promis, Florian m'a appelée tout le temps. À mon réveil : « Je t'aime. » Entre deux répétitions : « Je t'ai dans la peau. » Devant la chaîne des Pyrénées : « Pourquoi tu n'es pas là ? Je te déteste. » Et même une fois en pleine nuit pour me faire l'amour par les ondes, provoquant une vertigineuse montée de fièvre dans mon organisme.

Il est sept heures et demie. Nous sommes attendus à huit. Tout en essayant de mettre un peu de couleur à mes joues et d'ordre dans ma coiffure malmenée par un trop long séjour au lit, j'ai le cœur gros.

Depuis ce matin – « Tu es guérie ? Alors je peux venir te chercher ? » –, plus aucune nouvelle de Florian. Je lui ai demandé de ne pas m'appeler après huit heures, dîner chez Enguerrand oblige ; il devait le faire aussitôt de retour à Bordeaux, en début d'après-midi. J'ai attendu en vain. Son portable est resté éteint. Aucune réponse aux deux messages que je lui ai laissés. Que se passe-t-il ? Avec sa moto, je crains toujours le pire. À moins que... Le nom de Clara me mord.

À la porte de ma chambre, Paul s'impatiente : nous allons être en retard. Je glisse mon portable dans ma poche et le rejoins.

Ce sont les petits qui nous ouvrent et nous conduisent jusqu'au salon où règne une ambiance de fête. Paul et moi sommes conviés à nous installer confortablement sur le canapé. Est-ce ma guérison qu'Enguerrand veut saluer en ouvrant une bouteille de champagne ? Lorsque après avoir empli nos coupes, il en verse quelques gouttes dans la boisson des enfants, qui affichent des airs mystérieux et rient sous cape, je comprends qu'il y a anguille sous roche. Je ne me trompe pas.

– Les enfants ont une grande nouvelle a vous annoncer, déclare notre fils en levant sa coupe.

Encore ? Je tends instinctivement le dos. Paul, ravi, trinque avec tous les verres qui se présentent.

– On va la jouer aux devinettes, décide Marie-Jeanne, assise en tailleur en face de nous sur le tapis, son frère à ses côtés. Grand-père, à toi. Tu commences !

Paul prend la pose du *Penseur* de Rodin. Il réfléchit une petite heure.

– Est-ce que ça concerne l'école ? finit-il par demander.

Quel manque de tact ! C'est tout lui. Comme si une « grande nouvelle » pouvait venir de l'école. L'ambiance retombe d'un coup.

– Tu gèles, déclare Merlin, l'œil noir. Mamie-Thé, à toi.

J'ai eu tout le temps de préparer une question top.

– Diam's vient à Bordeaux. Elle vous a personnellement invités à son concert.

Rires enchantés de mes petits-enfants, fans de la chanteuse rap.

– Ça serait bien, mais c'est pas ça, regrette Marie-Jeanne.

– Peut-on savoir qui est Diam's ? débarque Paul, la main en cornet autour de sa bonne oreille.

– T'inquiète ! De toute façon, t'aimerais pas, abrège notre petite-fille.

– À toi, grand-père, poursuit Merlin qui se ronge les ongles d'impatience.

Une autre petite heure s'écoule tandis que, cherchant l'inspiration sur les murs, Paul fait le tour des tableaux

de famille. Le bichon d'une arrière-grand-tante le branche.
– J'y suis ! Un chien. Vous allez avoir un chien.
– Mieux, mais toujours pas ça, soupire Marie-Jeanne en assassinant du regard ses parents, qui refusent obstinément d'offrir à leurs enfants un compagnon à quatre pattes. N'ont-ils pas Jo, jamais rassasié d'amour ? Comme si être l'unique, le ou la seule à aimer et être aimé, n'était pas le summum du bonheur ?
– Langue au chat ? demande Merlin, haletant.
– On laisse une dernière chance à votre grand-mère, décide Enguerrand après avoir échangé un regard tendre avec sa femme.
Et soudain, je devine.
– Un petit frère ou une petite sœur pour bientôt ?
Des applaudissements enthousiastes saluent ma bonne réponse. Paul et moi embrassons Lise, toute rose. Honneur est fait au champagne.
– Je tiens à préciser qu'il ne s'agit pas d'un accident, déclare Enguerrand avec l'air modeste du puissant géniteur. Nous nous sommes dits que c'était maintenant ou jamais.
« Une dernière chance »... « Maintenant ou jamais »... Lorsqu'on aime, tous les mots semblent raconter en douce votre histoire. Le dictionnaire devient votre complice. Parfois hélas votre adversaire.
– Aliénor m'a promis de faire son possible pour s'y mettre elle aussi afin que le bébé ne soit pas trop isolé, nous apprend Lise en caressant tendrement son ventre.
– Fille ou garçon ? s'enquiert Paul.
– Patience, papa, il n'a que huit semaines !
Le *Penseur* de Rodin se livre à un rapide calcul mental, tourne vers moi un visage radieux.
– Ça donne fin juin : la fête de la Fleur. Cette année, c'était tes soixante bougies que l'on fêtait, ma chérie, l'année prochaine, ce sera la venue du tout-petit.

Durant le dîner qu'exceptionnellement les enfants ont pris avec nous (école demain) et où, comme d'habitude,

Marie-Jeanne avait réservé sa place près de la mienne, on a parlé prénoms.

– Fête de la Fleur oblige, si c'est une fille, on l'appellera Flore, a décrété Lise.

– Pour un gars, vous préférez Yacinthe ou Narcisse ? a blagué Enguerrand soulevant une vague de rires et de protestations.

Qu'a-t-il pris à Paul ?

– Pourquoi pas Florian ? a-t-il lancé en me regardant d'un air mauvais.

Tous les visages se sont tournés vers moi. Prise de court comme sur le *Roxelane*, j'ai senti mes joues s'enflammer.

– Figurez-vous que le béguin de madame s'est lancé dans le jazz, a ricané Paul. Il paraît même qu'il va donner bientôt un concert avec son groupe : les « Lovers » je ne sais plus quoi. Parions qu'elle sera aux premières loges.

J'ai glissé ma main dans ma poche et l'ai serrée autour de mon portable.

– Et alors ? ai-je lancé.

Ma voix a sonné bizarrement. Un bref silence est tombé.

– Diam's adore le jazz, est intervenue précipitamment Marie-Jeanne. Le jazz est l'ancêtre du rock. La preuve, on dit : « jazz-rock ». La prochaine fois tu m'emmèneras, Mamie-Thé ?

J'ai croisé son regard suppliant : que soupçonnait ma petite-fille ? « Supermignon », avait-elle remarqué fort justement après avoir aperçu Florian. Ses parents avaient-ils parlé un peu trop fort de la soirée-croisière ?

– Mais bien sûr, ai-je répondu. Quant au nom du bébé, pourquoi pas Florian si c'est un garçon. À condition bien sûr qu'on s'engage à lui apprendre le piano.

Nous en étions au dessert lorsque mon portable a frémi dans ma poche. Découvrant le nom qui s'affichait, une bourrasque a balayé ma poitrine. Je me suis levée.

– Excusez-moi, je reviens, ai-je réussi à dire d'une voix à peu près normale en quittant la pièce.

— Je suis encore à Pau, m'a appris Florian. Je n'ai pas pu t'appeler avant. On a eu une journée dingue. Je te raconte ?

— Pas maintenant, Florian : nous dînons chez les enfants.

— Oh, là, là, j'avais oublié. Alors, minuit sur la balancelle ? L'espace d'un coup d'ailes sur mon engin spatial ?

— C'est ma mort que tu veux ?

— Absolument. Et tu sais de quelle façon.

Il a eu un délicieux rire pervers. Dans la salle à manger, on n'entendait plus que les enfants qui se chamaillaient. Marie-Jeanne avait encore dû appeler Merlin « l'Enchanteur » : il préfère les sorciers. Une chaise a été bruyamment repoussée. J'ai proposé très vite : « Demain, après le déjeuner ? »

— Dîner... déjeuner... décidément on passe son temps à table chez toi, a plaisanté Florian. Et les nourritures célestes ? Puisque tu ne me laisses pas le choix, c'est d'accord. Garde-moi pour le dessert. Je te servirai une nouvelle incroyable. Tu n'en reviendras pas.

J'ai murmuré « Je t'aime », et j'ai raccroché.

— Je croyais que la moindre des politesses était d'éteindre son portable pendant les repas, a attaqué Paul à nouveau tandis que je reprenais place devant ma crème brûlée. C'était qui ?

Je n'ai pas répondu.

— Papa t'a posé une question, maman, a renchéri Enguerrand d'une voix crispée.

Comme une fureur désespérée m'a emplie. Sauter ! Il suffirait, me semblait-il, qu'à cet instant je prononce le nom de Florian pour que tout le monde comprenne.

— Langue au chat ! s'est amusé l'innocent Merlin.

La main de Marie-Jeanne s'est glissée dans la mienne.

— C'était Guillou qui venait aux nouvelles, elle vous embrasse tous, ai-je répondu.

Personne n'a osé insister. J'ai terminé mon dessert. Vois-tu, Florian, « la table », dans une famille, est lieu de rassemblement et il est des sujets qu'on n'aborde pas devant les enfants.

Il est minuit. Le ciel est sans étoiles. Plus de balancelle sous Monsieur du Tilleul, on l'a mise à l'abri pour l'hiver dans les anciennes écuries.

Dans quinze jours, Noël.

Incapable de dormir, je consulte ma liste de cadeaux.

Pour Paul, un blouson de cuir, taille extra-large. Fait.

Pour Enguerrand, un baladeur MP3. À faire.

La coquette Aliénor aura droit à un bon dans sa boutique de fringues préférée.

Je séchais pour Lise qui affirme avoir tout ce qu'elle désire, le futur bébé va régler mon problème. Pour elle aussi, un bon de coquetterie : après la naissance, une douzaine de séances de massage qui lui permettront de retrouver un ventre plat. Quand bien même on est sûre d'être aimée, il faut toujours veiller à rester désirable.

Marie-Jeanne m'a demandé une surprise. Moi aussi, j'aimais bien les surprises à son âge.

Il reste encore des points d'interrogation à côté du nom des garçons. Mais là, c'est que j'ai trop l'embarras du choix.

L'année prochaine, un nom, peut-être deux s'ajouteront à la liste.

J'ai envie de pleurer.

Florian s'est réconcilié avec les anniversaires. Je suis la petite fille qui découvre qu'elle n'aime plus Noël.

Chapitre 41

Partout. Sur les murs, le sol, insérée dans le cadre doré du camarade Miroir, une marée d'affichettes a envahi la pièce.

« JAZZ LOVERS »

Sur fond d'instruments de musique, un couple danse. Semble également danser, en lettres de couleur, le nom des musiciens. Celui de Florian est au centre, en caractères plus gros que les autres.
« Le piano est au cœur du jazz. »
– Tu as vu?
Mon musicien m'attendait, caché derrière la porte. Il m'attrape, m'entraîne dans la ronde des affiches, rit, pavoise.
– Eh oui! ma dame, c'est bien moi!
Et ce n'est pas de l'orgueil, c'est l'émerveillement du petit garçon qui rêvait d'être « l'accompagnateur » et voit son rêve se réaliser. La fierté de l'homme qui a gagné la bataille. D'ailleurs, il dit :
– J'ai envoyé une affiche à ma mère.
À quoi l'enfant ajoute : « Ça lui apprendra! »
Na!
Il m'enlace.
– Tout ça, c'est grâce à toi. On s'est trompé d'arbre. Ce n'est pas Florian « de l'Orme » qui devrait être écrit mais Florian « du Tilleul ». Dommage, les autres n'ont pas voulu.

Dans un froissement de papier, nous surfons jusqu'aux coussins. Tout autour de ceux-ci, ce sont les photos prises le soir de son anniversaire qui sont exposées. J'apparais sur chacune.

– Venez donc voir par là, Madame du Tilleul.

Il s'agenouille et me tend les mains. Il porte mon pull. J'ai mis le sien pour m'amuser. Il semble seulement s'en apercevoir et éclate de rire.

– Sale voleuse !

... avant de m'attirer dans le parterre de photos, m'arracher toutes mes feuilles, m'aimer de toutes les façons, avec les plus mauvaises manières, pour me punir de lui avoir tant manqué, na ! Et, comme promis, me tue.

Il avait dit : « Tout ça, c'est grâce à toi. » Plus tard – et bien qu'il déteste « pleurnicher » –, il m'a confié que lors du très fameux soir sur la balancelle et de la non moins fameuse fête de la Fleur, il était sur le point de faire une grosse bêtise. Sa chère mère, plus Roxelane, « ça faisait un peu beaucoup, tu vois ! » Schubert était son adieu à la musique. Et lui, sans musique...

Bref, il aurait pu, on ne sait jamais, c'était dans les plans... passer dans la planète d'où l'on ne revient, au mieux, que pour tourmenter l'âme noire de ceux qui vous y ont expédié. Ah ! un détail à l'adresse de la pauvre ignorante : lorsque Schubert avait composé l'impromptu en question, il se savait condamné... pour cause de champignons mal placés.

– Et maintenant, ouvre grand tes oreilles !

Un producteur avait assisté à plusieurs répétitions. Son directeur artistique était descendu tout exprès de Paris pour entendre le groupe. La maison venait de leur proposer un contrat. En dehors du disque, bien entendu, cela signifierait des tournées partout, la pub, les médias, la télé.

Il a ri : « Beau, riche et célèbre, qu'en dis-tu ? »

C'est moi qui, cette fois, ai caché ma tête dans son épaule. Des tournées partout ?

Un soir de tempête, j'avais lancé aux miens : « En abandonnant Florian, je mettrais ses jours en danger. »

Il venait de me le confirmer. Je l'avais sauvé. Mais pourquoi ? Pour qui ?

D'une voix à peu près normale, j'ai réussi à demander :

– Parce que vous allez signer ?

– Un peu de patience, ma dame ! Une partie des Lovers ont un boulot. Signer, cela voudra dire le lâcher pour passer pro. Ça ne se fait pas sans réfléchir. On va demander à un avocat d'éplucher le contrat.

La voix pleine de gravillons, mes lèvres dans les boucles châtains, je me suis entendue demander :

– Et Clara ? Elle suivra ? Je croyais qu'elle était timide. Tu as même eu du mal à la décider pour le 18.

Il a ri à nouveau. Si joyeusement !

– Le Microbe ? Mais on ne le tient plus. Elle est partante pour tout. En plus, elle a tapé dans l'œil du produc. Il pourrait bien en faire la chanteuse-phare. Tu comprendras quand tu l'entendras.

Depuis quand ne tenait-on plus Clara ? Depuis quand était-elle partante pour tout ? Quelles drôles d'idées vous passent-elles par la tête lorsque vous craignez de n'être plus « l'unique » ? Était-ce depuis qu'elle avait vu « la magicienne » et compris que Florian serait libre un jour ?

– Et moi, si tu pars tout le temps ? ai-je murmuré.

Il a dégagé ma tête de son épaule et m'a obligée à le regarder. Je ne parvenais plus à retenir mes larmes. Son visage s'est empli de tendresse.

– Mais toi, je t'emmène, bien sûr ! Tu fais partie de la caravane. Cela te décidera peut-être à parler à Pol-Pot. Si tu veux, nous nous baserons à Pau pour t'éviter les crocs des féroces bien-pensants.

Il s'est emparé de ma main et l'a posée sur lui, à nouveau dressé. Dressé vers moi ? Vers de futures conquêtes ?

De son sexe palpitant, j'ai remonté ma main sur son cœur. Le mien était prêt à exploser.

« Tu n'en reviendras pas. »

Hier, j'étais prête à me jeter à l'eau. J'avais choisi la main de Marie-Jeanne. Je n'en reviendrais pas.

Comment suis-je arrivée à plaisanter ?
– Minute, Monsieur du Tilleul ? Beau, vous l'êtes. Riche et célèbre, je demande à voir. Contrairement au producteur, je n'ai pas eu droit à assister aux répétitions. Décision après le concert.
– Alors, attends-toi à plein de surprises. Et n'oublie pas. Je te veux toute la nuit.

Il a redescendu ma main.

Comment ne sent-on pas, lorsqu'on fait l'amour pour la dernière fois ?

Comment ne meurt-on pas lorsque c'est avec « l'unique » ?

Chapitre 42

Cour Mably, une joyeuse petite foule se presse aux portes de la salle Capitulaire. Il fait très froid. Dans l'après-midi, une pluie glacée est tombée. On a parlé à la radio de risque de verglas.

Paul a tout fait pour m'empêcher de partir : « Tu vas te tuer. » Il en a appelé à mon sens des responsabilités. Il était prêt à m'accompagner, au moins à venir me chercher après le concert. Lorsque j'ai parlé de la fête qui suivrait, il a crié : « Eh bien, restes-y ! »

Je n'ai pas répondu.

Sous ma gabardine doublée de fourrure, je porte un tailleur gris en lainage et un pull de soie blanc à col roulé.

« Je te veux pour la nuit. »

J'ai laissé dans ma voiture un sac contenant mes affaires de toilette et une tenue de rechange pour demain.

« Restes-y ! »

Au dernier moment, j'y ai glissé quelques bijoux.

Du jazz Cour Mably ? C'est l'événement. Près des différentes portes d'entrée, des jeunes cherchent à revendre des places. On n'en trouve plus depuis une semaine. De nombreuses personnes sont attendues de Pau. Pour les déçus, un autre concert sera donné là-bas avant le 1er janvier.

La longue salle voûtée, éclairée par des projecteurs, où se rassemblaient autrefois les dominicains à la flamme des bougies ou à celle des lampes à pétrole, est déjà pleine. Je n'y étais encore jamais venue, me contentant d'assister aux concerts donnés l'été à l'extérieur.

Que penseraient les pieux religieux du rideau bariolé et de la large estrade où trônent un piano et une batterie, dans leur lieu de recueillement ?

Les trois premiers rangs ont été réservés aux proches des musiciens et à la presse. Florian m'a remis lui-même ma place, au centre du troisième rang.

« La meilleure. Et je tiens à t'avoir à l'œil. »

Soudain, je me fige.

Il a dit aussi : « Attends-toi à plein de surprises. »

Il n'avait certainement pas prévu celle-là.

Le long des murs, six visages de pierre, six mascarons, semblent me défier.

Trois d'entre eux représentent des têtes de fauves aux crocs sortis, à la crinière bouclée, au regard féroce. Deux sont des visages de femmes : l'un allongé, le regard vide, la bouche amère. L'autre est plus avenant, presque poupin ; ils esquissent un demi-sourire. Le sixième mascaron, entouré d'un cœur, semble être celui d'un tout jeune homme.

Notre histoire est inscrite sur ces murs !

Florian n'a-t-il pas dit : « On se basera à Pau pour t'éviter les crocs des féroces bien-pensants ? »

– S'il vous plaît, madame, pouvez-vous avancer ?

Je bredouille une excuse et me glisse à ma place. Près de moi, un couple d'une cinquantaine d'années dont la femme, dans ses plus beaux atours, éclate visiblement de fierté. À peine suis-je installée qu'elle se tourne vers moi.

– Nous venons de Pau. Nous avons eu très peur d'être en retard. Figurez-vous qu'il commence à neiger. Je suis la maman du trompettiste, et vous ?

– Je suis une amie du pianiste.

– Il paraît qu'il est génial.

Beau, riche, célèbre ?

Un murmure parcourt la salle tandis qu'un présentateur bien connu de France 3 fait son entrée et s'installe dans le rang réservé à la presse. Les journalistes y sont nombreux. À présent, ma voisine, ravie, entreprend de me les nommer. Pour lui échapper, je me plonge dans le programme.

Une heure trente sans entracte. Blues, ragtime, new orleans, swing... les mots dansent devant mes yeux sans m'atteindre vraiment. Le nom des musiciens est indiqué, sans leur photo. Pas encore ? Clara s'appelle « Lesot ». Clara Lesot ? Pas très vendeur. Si elle devient la chanteuse-phare, le producteur lui en fera-t-il changer ? « Clara Delorme » sonnerait mieux.

Décidément, je deviens folle. Florian m'aime, il me l'a encore dit ce matin. Il m'a à nouveau demandé de le suivre. Il me veut dans sa caravane.

« Eh bien, restes-y ! »

Il faut parfois autant de courage pour partir que pour rester. De chaque côté des liens d'amour à rompre. Il y a trop de sortes d'amour, petite étoile !

Au fond de la salle, trois brefs coups de trompette éclatent.

– C'est mon fils ! Ça commence, murmure ma voisine extasiée.

Le silence s'est fait tandis que la lumière des projecteurs faiblissait avant de s'éteindre totalement, plongeant la salle dans une totale obscurité.

Alors que du piano s'élevaient des accents tendres et romantiques, une musique de grâce et d'émotion, un murmure incrédule a parcouru le public : du jazz, ça ?

Sous le choc, j'ai fermé les yeux. Pas du jazz, non ! L'impromptu de Schubert qui nous avait réunis, Florian et moi. Il avait osé ! Sa première surprise.

Puis d'un coup, la musique est devenue fox-trot tandis que la lumière explosait sur l'estrade et que les musiciens – garçons en pantalon et chemise noirs, nœud papillon flamboyant, filles en robe longue colorée –, prenaient possession de l'estrade en dansant sous les applaudissements déchaînés du public.

Deux siècles balayés en quelques mesures.

– Ça va, madame ? Vous vous sentez bien ? s'est inquiétée ma voisine.

Je n'avais pu retenir une plainte.

Ce n'était plus mon Florian au piano. Les boucles châtains étaient tombées, il avait coupé ses cheveux. Cela lui donnait un visage plus viril, une expression plus décidée. Avec un sourire de fierté, il regardait dans ma direction.

Sa seconde surprise.

Le fox-trot s'est achevé, un blues a suivi, complainte mélancolique exprimant la souffrance et l'espoir. Soutenu par un saxo et une contrebasse, Florian accompagnait le chant d'un grand Black dont la voix gutturale semblait monter de la terre d'anciens champs de coton, se mêlant à celle d'une petite blonde à multiples nattes au timbre plus clair, qui paraissait en appeler au ciel, et ne quittait pas des yeux le pianiste aux cheveux courts dont le sourire l'encourageait.

Avant que, sans transition, l'allégresse revienne sur l'estrade avec l'entrée en scène d'une trompette et d'une clarinette et qu'un boogie-woogie roule les costumes noirs et les jupes fleuries dans les vagues d'une danse endiablée, saluée par une marée d'applaudissements.

Ils savaient tout faire, les Jazz Lovers. Musiciens, mais aussi danseurs, acrobates et jongleurs, ils entraînaient le public dans un tourbillon de jeunesse et d'enthousiasme passant de la plainte à la joie, de la prière au cri de victoire. Le producteur ne s'était pas trompé.

« Attends-toi à plein de surprises. »

À nouveau, la lumière s'est faite discrète tandis qu'un orgue était roulé sur l'estrade et que Florian s'y installait.

Seule cette fois, Clara a chanté un gospel.

« Quand tu l'entendras, tu comprendras. »

De l'étroite poitrine du « Microbe », qui semblait vouloir l'élargir en ouvrant ses bras comme des ailes, de ses cordes vocales montait une voix à la fois limpide et puissante, sombre frémissement lorsqu'elle allait au fond de la douleur, lumière lorsqu'elle s'élevait vers l'espérance. Une voix dont l'infime éraillement, comme une fêlure dans le cristal, vous faisait redouter qu'elle se casse et la rendait plus émouvante encore.

C'était Clara qui imposait son rythme à Florian. Sans jamais la quitter des yeux, il se contentait de la soutenir, heureux, fier, transfiguré. Et lorsqu'elle a eu terminé, le silence de respect qui a précédé les applaudissements indiquait qu'il y aurait bientôt deux noms au cœur de l'affiche.

Sur le *Roxelane*, comptant les minutes qui me séparaient du retour au port, je ne cessais de regarder ma montre. Après l'intervention de Clara, j'ai suivi l'avancée du programme avec le même sentiment de catastrophe annoncée.

Bossa-nova, new orleans, be-bop se sont succédé. Enfin est venu le bouquet final où tous les styles de jazz ont formé un feu d'artifice que les spectateurs, debout, ont accompagné en esquissant des vagues avec leurs bras.

Puis, rassemblés au centre de l'estrade, les musiciens ont salué le public, visages blancs et blacks couverts d'une même sueur, empreints d'un même bonheur. Mon calvaire était terminé. Aurais-je la force de me rendre à la fête ?

Mais voilà que Florian retourne au piano. Voici que Clara s'avance. Seule demeure la lumière d'un projecteur braqué sur eux, autour desquels le groupe forme cercle. Les spectateurs ont repris place sur leurs sièges.

Cet air qu'interprète mon amour est celui qu'il avait pianoté dans sa pièce à musique le jour où je lui avais appris que je ne pourrais jamais être toute à lui : un air de film en noir en blanc dont alors je n'étais pas parvenue à retrouver le nom.

Il m'éclate en pleine poitrine : *Le Port de l'angoisse*, un film américain, interprété par Humphrey Bogart et Lauren Bacall.

La grande actrice est l'héroïne de l'histoire. Prisonnière d'une île, elle chante dans une boîte de nuit en attendant le jour où elle recouvrera la liberté. Humphrey Bogart, le héros, la lui offrira.

Accompagnée par le murmure à bouche fermée des autres musiciens, Clara chante pour la première fois en français. Des chansons d'amour qui ne parlent que d'amour et d'étoiles.

« De toutes les étoiles, tu es la seule... »
...
« L'amour nous prend, il nous jette un sort. Nous dira-t-il adieu ? »
...
« Pourquoi, lorsqu'il pleut, se cachent les étoiles ? »

C'est au *Port de l'angoisse* que m'attendait la vague qui noierait les raisins de l'amour. Car, dans ce film, le partenaire de l'héroïne, celui qui lui permettra de s'envoler, s'appelle « Microbe ».

Les applaudissements font un bruit de grêle. Florian se lève. Sous les ovations, il tend la main à Clara et tous deux s'inclinent au centre de l'estrade.

Clara le regarde, radieuse. Elle l'aime.

Florian la regarde, grave. Sans le savoir encore, il est prêt à l'aimer.

Si je n'étais pas là, il l'aimerait déjà.

Quatrième partie

L'ASSEMBLAGE

Chapitre 43

J'ai couru jusqu'à ma voiture, trébuchant sur mes hauts talons, à demi aveuglée par la neige qui tombait en rideau serré.

La portière refermée, j'ai allumé mon portable et laissé un message à Florian. Son spectacle était superbe et m'avait beaucoup plu. Hélas, il m'était impossible de me rendre à sa fête : un appel de la maison. Je lui expliquerais ça demain.

J'ai réussi à ajouter « Pardonne-moi, mon cœur », et j'ai raccroché.

Tandis que je démarrais, mêlée à de la musique de jazz, une voix hurlait dans ma tête, m'ordonnant de jeter cet instrument de torture, de le jeter immédiatement, de le balancer par la vitre, là où il me serait impossible de le retrouver, pour n'avoir pas la tentation de former un numéro mis en mémoire et de voir s'afficher le visage de celui que j'aimais. À en mourir.

Ne me restait qu'à lui en donner la preuve.

Je suis sortie sans difficulté de la ville : un temps à se terrer chez soi. Dans la lumière des phares, les flocons de satin venaient se coller au pare-brise comme pour m'interdire le passage. La route blanchissait déjà : une heure de plus et sans doute n'aurais-je pas pu rentrer avant qu'elle n'ait été dégagée. Par chance, j'en connaissais chaque tournant, chaque rond-point, car les larmes plus la neige, cela faisait « un peu beaucoup », comme aurait dit Florian avec le rire dont j'avais si bien appris à discerner chaque nuance et qui, depuis quelque temps, gagnait en légèreté et en gaieté. Qui a dit : « Le rire est le propre de l'homme » ?

La pendule du tableau de bord indiquait onze heures. Nous étions convenus que j'irais le chercher dans la petite salle aménagée en coulisses et que nous rentrerions chez lui ensemble pour ouvrir la fête. Ne me voyant pas arriver, il avait dû s'impatienter, me chercher. Dans la salle d'abord, à l'extérieur, puis s'inquiéter : « Où est-elle ? Personne ne l'a vue ? » À quel moment avait-il consulté son portable et découvert mon message ?

Il l'écoute, stupéfait, incrédule. Il cherche à me rappeler. « Vous êtes bien avec Anne-Thé, absente momentanément... » À sa fureur se mêle l'angoisse. Bien sûr, il me laisse à son tour un message. Dans le petit appareil argenté, jeté sur le siège du passager – la place du mort –, une voix m'attend, me supplie peut-être. Je le prends dans ma main. Il me semble en sentir la palpitation. Les sanglots m'étouffent.

Non ! Pas maintenant. Demain. Lorsque j'aurai fait en sorte de ne plus pouvoir revenir en arrière, que j'aurai atteint le point de non-retour.

La cour était éclairée en grand pour m'accueillir lorsque j'y ai garé ma voiture. En revanche, aucune lumière dans la maison. Tout le monde semblait dormir. De soulagement, j'ai fermé les yeux quelques secondes. Si Paul m'avait attendue, je serais allée me cacher n'importe où pour n'avoir pas à lui parler.

J'ai retiré mes chaussures et monté l'escalier de pierre. Ce qui rendait mon sac si lourd, c'était la petite poignée de bijoux que j'y avais glissés quelques heures plus tôt en imaginant d'impossibles voyages : le poids des rêves envolés.

– Veux-tu un billet pour ta « dame des p'tits coups » ? m'avait proposé Florian lorsqu'il m'avait remis le mien.

Pourquoi avais-je refusé ? Je n'avais même pas parlé à Guillou du concert. Elle risquait de s'inviter à la fête.

Je me suis bouclée dans ma chambre et, avant même de retirer mon manteau, j'ai formé son numéro sur le téléphone fixe. Elle a décroché aussitôt.
– Anne-Thé ? Je rêve ! Qu'est-ce qui t'arrive, tu ne dors pas ? Un exploit.

J'ai commencé par lui interdire de me poser une seule question. Puis je lui ai demandé de m'emmener loin, très loin, très vite, lundi ? Dans une île où les communications ne passeraient pas, juste elle et moi.

Là, ma voix a dérapé : l'exploit était d'être arrivée jusque-là. Je suis de celles qui n'ont jamais su parler et pleurer à la fois, de celles qui ne font rien à moitié.
– Combien de temps ? a demandé Guillou, très calme.
– Noël et le 1er janvier.

Elle non plus n'aime pas trop les fêtes ; elle a compris.
– Bien ! Une quinzaine, en somme. Donne-moi trois secondes.

Tandis que mon manteau pleurait lui aussi ses fleurs fondues sur mon oreiller, elle a réfléchi avant de m'annoncer que oui, lundi, ça devait être jouable. Elle avait déjà sa petite idée. Mon passeport était-il valable ?

Il l'était. Elle a promis de me rappeler aux aurores et là, l'exploit serait pour elle : c'est généralement aux aurores qu'elle se couche. Nous avons raccroché en même temps, comme les jeunes se frappent la paume pour conclure une alliance.

La neige tombait toujours. Il était plus de minuit. Dans la pièce à musique, la fête devait battre son plein. Les Lovers et leurs familles, le producteur et son agent artistique, Florian et le Microbe ?

« Je te veux toute la nuit. »

Il avait dû me laisser plusieurs messages. Menaces ? SOS ?

L'héroïsme peut consister tout simplement à résister au désir d'allumer son portable.

Dans l'armoire à pharmacie, j'ai pris deux comprimés du somnifère que le médecin des pompiers avait prescrit à Paul après son accident, en cas de difficulté à dormir.

J'étais bien la proie des flammes. J'ai sombré dans leurs fumées empoisonnées.

Le téléphone me réveille en sursaut. Huit heures dix. Gros brouillard dans ma tête. J'ai omis de tirer les rideaux et, dans le petit jour, il me semble que la neige a cessé de tomber.

– Tu peux faire ton sac, m'avertit Guillou avec un bâillement musical. Décollage demain en fin de matinée. Direction les Maldives. N'oublie pas ton maillot.

Grâce à l'ami Internet, tout est bouclé. Nous passerons deux semaines à Velidhu, l'une de ces petites îles à fleur de mer éparpillées comme des diamants sur l'océan Indien. Aucune formalité à accomplir, aucun vaccin exigé.

Dès mardi matin, après une quinzaine d'heures de vol, moyen et long courrier, puis hydravion, nous atterrirons sur une plage de sable blanc bordée de palmiers et de bougainvilliers, face à une mer turquoise. Le drôle, c'est qu'après avoir si longtemps arpenté le ciel, nous nous retrouverons avec seulement quatre heures de décalage horaire. Moi qui suis familière des astres, il faudra que je lui explique ces histoires de fuseaux. Quant à l'impossibilité de communiquer, à moins d'aller se cacher au fond d'une grotte à mygales dans la forêt amazonienne – ce qui n'est pas franchement son truc –, les gros yeux de « Big Brother », relayés par les satellites, ne lâchent plus désormais d'une semelle le pauvre citoyen lambda, quand bien même il s'agit de la semelle en plastique d'une tong. Mais que je me rassure, Guillou me servira de bouclier.

– À part ça, un petit bungalow sur pilotis avec un salon au plancher de verre d'où nous pourrons admirer les ébats des poissons, en sirotant une boisson de paradis, tu en dis quoi, la belle ?

Je parviens à bredouiller un vague merci.

– Et Paul, on en fait quoi ? demande-t-elle d'un ton léger.

– Paul n'est pas au courant. Est-ce que je peux dire que l'idée vient de toi ? Sinon, je suis bonne pour la camisole.

— Merci pour la camisole. Figure-toi que l'amie avec laquelle je devais m'envoler pour les îles vient de me faire faux bond. Je t'ai proposé de prendre sa place, ça te va ?

— Tu ne m'as pas laissé le choix.

— OK, tu as dit « oui », le pistolet sur la tempe.

Un tout petit sourire me redonne une bouffée d'air.

— Et ton Augustin, toi, tu en fais quoi ?

Elle soupire.

— Merci de t'en préoccuper. Le pauvre sait bien que je n'aime que les fruits rouges hors saison et les palmiers quand il neige. Évidemment, ça va m'obliger à lui trouver des nounous pour les fêtes. J'organiserai ça avec ses ex : l'avantage des familles recomposées. Et lui qui se désolait de n'avoir pas idée de cadeau pour l'épouse préférée. Tu viens de régler son problème : une virée entre copines. Je ne sais pas encore comment je vais lui tourner ça mais je trouverai : il m'adore en camisole.

J'ai encore réussi à dire : « Pour le prix, on partagera, bien entendu. »

— Mal entendu ! Je compte sur toi pour payer ma part, a rigolé Guillou. Arrête tes conneries, *please*. Je suis très très riche. C'est ton Paul qui tient les cordons de la bourse et pas sûr qu'il soit partant pour le cadeau. À la rigueur, je te laisserai pourvoir aux boissons. Et là, j'ai bien l'intention de te ruiner. Parce que regarder une raie manta ou un requin-marteau dans les yeux, en sirotant un cocktail d'enfer, crois-moi, pas question de s'en priver.

Chapitre 44

Il n'était pas neuf heures lorsque j'ai ouvert la porte de la cuisine où, dans l'antique robe de chambre usée jusqu'à la corde qu'il affectionne et ses mules africaines délabrées, Paul tournicotait en grognant comme un vieux fauve à crinière blanche sous l'œil imperturbable de Nano.

Il s'est planté devant moi.

– Merci mille fois de m'avoir averti que tu étais rentrée, a-t-il attaqué. Avec cette foutue neige, je me suis fait un sang d'encre ; et, bien sûr, madame avait éteint son portable.

Bien sûr...

J'ai pris place devant mon bol. Le brouillard dans ma tête achevait de se dissiper. J'aurais dû prendre trois comprimés.

– Tu es rentrée tard ? a poursuivi Paul du même ton.

– Aux environs de minuit. Tu dormais.

– Elle croit ça ! Je n'ai pas fermé l'œil de la nuit. En plus, impossible de mettre la main sur mes somnifères.

– C'est moi qui les ai pris. Depuis ma grippe, il m'arrive d'avoir mal à la tête et de la peine à dormir.

– Je suppose que c'est pour ça que tu portes des lunettes noires, a ironisé mon mari.

Nano a versé café et lait dans mon bol, puis elle a commencé à dénouer les cordons de son tablier.

– Il faut que j'aille dire quelque chose à Joseph.

– Reste... ai-je murmuré.

Elle a baissé brièvement les paupières et a renoué les cordons de l'amitié.

– Au fait, c'était bien, ce concert ? a repris Paul, hargneux.

– Si bien qu'une maison de disques s'intéresse au groupe et lui propose de signer un contrat avec elle.

– Tu m'étonnes ! Avec tout ce qu'on entend aujourd'hui, ça ne déparera pas.

J'ai détesté mon mari, son langage ringard et aujourd'hui.

– Et la fête chez ton béguin, ça s'est passé comment ?

– Je n'y suis pas allée ; il commençait à neiger.

Le regard de Nano est passé brièvement sur moi. Puis elle a tourné le dos à la table et elle s'est mise à éplucher dans l'évier ces grosses pommes de terre difformes qu'on appelle « d'hiver » et qui sont idéales pour les potages.

J'ai porté mon bol à mes lèvres. Quoique n'ayant pas dîné, je n'éprouvais aucune faim. Seulement de l'écœurement et une immense lassitude. Avec Guillou, tout avait été simple ; pouvait-il en être autrement ? Ça allait être une autre affaire avec Paul. Mais quelle importance après tout ? Ce n'étaient que de petites bornes à franchir avant celle, décisive, qui marquerait le point de non-retour, où je me retrouverais, il le faudrait bien, face à Florian. Et la douleur le savait, qui rôdait autour de moi, dressant ses couteaux en attendant mon ordre. Car ce serait ma main qui frapperait.

Satisfait de l'accueil chaleureux qu'il m'avait réservé, Paul avait pris place en face de moi et m'observait en beurrant une tartine.

– Guillou m'a appelée ce matin, ai-je commencé.

Cette fois, il a ri.

– Guillou ? À huit heures du matin ? Tu es sûre de ne pas avoir confondu avec quelqu'un d'autre ?

À nouveau, je l'ai détesté et cela m'a fait du bien. Parmi toutes les sortes d'amour, il y a le conjugal où on a envie d'étrangler son conjoint.

— Elle avait une proposition à me faire, ai-je poursuivi. Il lui fallait ma réponse tout de suite.
— Et quelle proposition ?
— Remplacer une amie qui s'est décommandée à la dernière minute pour un voyage aux Maldives.
— Les « Maldives », connais pas, où c'est ? a demandé Paul en tendant sa bonne oreille.
— Tu retires un « a » et tu te retrouves sur une île dans l'océan Indien.
— Les fameux atolls paradis, j'y suis ! Tu pourrais mieux prononcer... C'est bien ton amie en tout cas ! Aller se chercher des coins au bout du monde.
— C'est moi aussi, j'ai accepté.
Paul a sursauté.
— Tu aurais quand même pu m'en parler avant. Et vous partez quand ?
J'ai cessé de le détester.
— Demain.
Il a lâché sa tartine.
— Peut-on savoir pour combien de temps ?
— Une quinzaine.
Il s'est levé si brusquement que sa chaise est tombée. Nano s'est retournée pour la ramasser avant de reprendre son épluchage. À présent, elle coupait les pommes de terre en quartiers. Demain, où que je sois. Après-demain, où que joue Florian, elle continuerait, les matins d'hiver, à éplucher des pommes de terre pour le potage et c'était comme une toute petite lampe-tempête qui clignotait dans la tourmente, les tourments à venir.
— Aurais-tu oublié que dans ces quinze jours se trouvent Noël et le premier de l'an ? s'est étouffé Paul.
— Je ne l'ai pas oublié, mais le voyage était réservé à ces dates-là et Guillou ne m'a pas laissé le choix.
— ET MOI ?
J'ai fermé les yeux.
« Et moi sans toi ? »... Le même appel que, quelques jours auparavant, j'avais murmuré dans le cou de Florian. Il avait ri : « Mais toi, je t'emmène, bien sûr ! Cela te décidera peut-être à parler à Pol-Pot. »

Comme un long tremblement m'a parcourue, un séisme du corps et de l'âme. Me décider, oui. Tout dire. Partir.

« L'amour te dira-t-il adieu ? »

Une fois encore, une centième fois, le regard échangé entre une chanteuse et un pianiste m'a retenue. Émerveillé, le regard de Clara. Si grave, celui de Florian. Combien de temps enfermerais-je dans le nid de coussins l'homme qu'il était devenu ? C'était à moi de dire adieu.

– Toi, tu ne seras pas abandonné. Tu sais bien que Noël est prévu chez Enguerrand. Quant au réveillon du 31, toute la famille est conviée chez les Monnier où vous fêterez le retour d'Aliénor au pays.

– Sans toi, ça ne sera pas la même chose.

Sans Florian, plus rien, jamais, ne serait pareil. Sous mes lunettes noires, j'ai senti monter les larmes.

Comme un vieux fauve privé de ses crocs, front buté, Paul tourmentait la table avec son couteau. Toutes sortes de légumes avaient rejoint les pommes de terre d'hiver dans l'évier, où continuaient à s'affairer les mains de Nano.

– Dis donc, a soudain repris Paul en relevant la tête, et son regard avait retrouvé toute sa méfiance. Si j'ai bien compris, Augustin non plus n'est pas du voyage.

– Non plus, ai-je acquiescé.

– Et vous partez vraiment toutes les deux toutes seules, ta copine et toi ? Personne dans vos bagages ?

La colère m'a sauvée des larmes. Je me suis levée, j'ai décroché le téléphone mural et je l'ai jeté sur la table.

– Appelle-la si tu ne me crois pas.

Honteux, il a baissé les yeux.

– Pardonne-moi, ma chérie, mais tu peux comprendre que tout ça est un peu... brutal. Est-ce qu'il ne serait pas possible de reporter à plus tard ? Si c'est une question d'argent, je suis prêt à...

Alors Nano s'est retournée. Elle a fait quelque chose que, jusque-là, elle ne s'était jamais encore autorisé : elle a posé la main sur l'épaule du patron.

— Allez, monsieur Paul. On s'occupera de vous ! Laissez donc la petiote partir. Vous n'avez pas vu sa mine de papier mâché ? Après la fièvre qu'elle nous a faite, un peu d'air frais et de soleil la remettront sur pied.

Du menton, elle m'a désigné la porte. Il arrive que l'amie de maturité sache être complice au moment où il le faut. Et ses yeux à elle, n'étaient-ils pas rouges eux aussi ?

Je suis remontée dans ma chambre. Il était temps que j'allume mon portable.

Chapitre 45

Trois SOS de Florian m'attendaient.
Le premier datait de la veille : dix heures quinze, peu après le concert. Il venait d'avoir mon message et il était très en colère. « Un appel de la maison ? » Paul, bien entendu ! J'aurais au moins pu avoir le courage de venir lui dire de vive voix que je le lâchais pour sa fête. « Tu me rappelles immédiatement. »
Derrière le second SOS, envoyé une heure plus tard, on percevait de la musique et des rires. La voix de mon amour était sombre, inquiète : pourquoi avais-je éteint mon portable ? Pourquoi refusais-je de lui parler ? Je n'avais pas aimé son concert, c'est ça ? Il m'avait déçue ? Il n'en pouvait plus de tous ces gens chez lui, chez nous. Il ne savait pas comment s'en débarrasser. « Au moins, l'Étoile, appelle-moi. »
Le troisième appel datait de neuf heures trente ce matin, alors que je me trouvais à la cuisine avec Paul et Nano. Florian m'attendait dans les anciennes écuries. « Je sais que tu es là. Je ne partirai pas avant de t'avoir vue. »
Le ciel était bas, gris, le temps figé. Seules les gouttes tombant des arbres où restaient des tapons de neige rompaient le silence comme les dernières secondes avant le couperet.
J'ai poussé le portail.
La première nuit, menant Florian ici, où se trouvait un piano, où nous attendait Schubert, je lui avais dit

« Viens ! » Ce matin, pour lui permettre de s'envoler tout à fait, il allait falloir lui ordonner : « Va-t'en. »

Je me suis préparée à mourir.

Un froid humide et pénétrant avait remplacé la douceur du printemps, les touffeurs de l'été. Florian était assis sur la balancelle, enveloppé dans la couverture qui en protégeait la toile claire. Me voyant apparaître, il l'a rejetée. Je préférais ce jean délavé au pantalon noir du Lover, mais j'aurais mieux aimé qu'il n'ait pas choisi pour l'accompagner le pull que je lui avais offert. J'aurais également mieux aimé qu'il n'ait pas ces épaules frileuses, ce regard d'oiseau effarouché. J'avais presque oublié qu'il avait coupé ses cheveux. Il est vrai que sur mon mobile il portait encore ses boucles. Alors que je prenais place près de lui, montant de son cou dégagé et bien que ce ne soit pas la saison, il m'a semblé sentir une odeur de pêche. Sa peau devait en avoir le velouté.

J'ai attendu.

D'un geste brusque, il m'a arraché mes lunettes et les a lancées au loin. À peine si je m'étais poudrée. Je devais, comme on dit « accuser mon âge » ; les mots continuaient à jouer avec ma vie.

– Je veux savoir ce qu'il se passe, a-t-il commencé d'une voix sourde. Je veux que tu me dises la vérité. Pourquoi n'es-tu pas venue à la fête ? Pourquoi ne m'as-tu pas rappelé ?

– La vérité est que je suis lâche, ai-je répondu. J'ai préféré attendre ce matin pour te dire que je ne ferai pas partie de la caravane.

Ce mot là, « caravane », avait été plein de musique et de gaieté. Il n'était désormais que le déguisement d'un adieu. Le visage de Florian s'est crispé.

– Le concert ne t'a pas plu, c'est ça ?

– Ce n'est pas le concert. Vous avez tous été magnifiques, toi en particulier. La vérité est que j'ai décidé de rester avec Paul.

Il s'est cabré comme sous un coup.

– Je l'ai toujours su ! Tu ne m'aimes pas assez pour le quitter.

— Il n'y a pas seulement Paul, Florian. Il y a toute la famille.

Était-ce moi qui prononçais de cette voix neutre ces paroles creuses, répétées, rabâchées à l'infini tout autour de la planète, les mots des petits meurtres entre amants, lorsque l'un ayant décidé de mettre un terme à l'aventure porte le fer dans les extases passées, les promesses dépassées ?

Bien sûr, il y avait Paul. Bien sûr, il y avait la famille. Cela n'empêche que je ne brûle que pour toi.

— Eh bien, puisque c'est comme ça, tant pis ! Je ne signerai pas ce contrat de merde, a décidé Florian.

J'ai poursuivi la farce.

— Mais tu n'as pas le choix ! Souviens-toi : « le piano est au cœur du jazz »... Et tu es au cœur de l'affiche. Sans ta signature, rien ne se fera. Pense aux autres. À Clara.

Sur le nom du Microbe, ma voix s'est brisée. J'avais présumé de mes forces. Je me suis détournée.

— Jalouse ! s'est écrié Florian. Mon Étoile est jalouse du Microbe. Quel con je fais. Je comprends tout maintenant...

Il prenait de force mon visage dans ses mains, le tournait vers le sien, comme éclairé d'un brusque soleil. Il riait du rire un peu cassé de l'enfant qui, l'orage passé, a honte d'avoir montré sa peur : « Jalouse... jalouse... »

Je l'avais été. De Clara, des Lovers, de cette musique qui, me semblait-il, menaçait notre amour. Ce matin, c'était seulement à la vie que j'en voulais. J'étais jalouse du bourgeon que la sève irrigue, de la fleur qui explose, du grain qui mûrit. Mon tour était passé.

— Mais Clara ne compte pas, idiote ! Clara, je l'adore comme tout le monde. Toi, je t'aime. Tu ne vas quand même pas me reprocher de l'aider. Tu l'as vue ?

Il a posé ses lèvres sur les miennes. Je ne pensais pas que ce serait si difficile. Je me suis écartée. Riant toujours, il a levé les bras comme on se rend.

— OK, OK. Puisque ma dame le prend comme ça, on change de plan. Tu ne veux pas que je lâche les

Lovers ? Je signe. Tu veux garder ta sainte famille ? Je m'engage à ne plus jamais prononcer le nom de Pol-Pot. Je ne serai quand même pas tout le temps sur les routes ! On se verra à chaque fois que je reviendrai. Et, entre-temps, ne compte pas sur moi pour te laisser tranquille...

Il énumérait toutes les façons dont nous communiquerions et, entre deux étreintes, continuerions à nous aimer par-delà les distances. Je me souvenais de cette nuit d'ondée où, à son retour de Pau, il n'y avait pas si longtemps, nous étions abrités ici et si bien aimés. L'anniversaire des jumeaux se préparait, avec deux beaux vélos cachés derrière la grosse poutre du fond. Ce matin, ces paquets de couleur qu'on y apercevait étaient destinés à la hotte du Père Noël.

– Tu vois, on n'aura qu'à recommencer comme avant.

Le moment tant redouté était venu. Le point de non-retour ? En amour, pour certains, il ne vient qu'avec la mort. C'était de la mienne qu'il s'agissait.

– Non, Florian. Nous ne nous retrouverons pas comme avant. Ce n'est plus possible. Paul et Enguerrand me soupçonnent à nouveau. Un jour ou l'autre, ils découvriront la vérité. Je ne le veux pas.

– TAIS-TOI ! a-t-il crié.

Il a jailli de la balancelle. Il se bouchait les oreilles tel un enfant et, durant un instant, j'ai cru qu'il allait se sauver, remettant l'exécution à plus tard, et je n'aurais su dire ce que je préférais.

Il m'a refait face. Sur son visage libéré de ses boucles, exposé, offert, la colère et la souffrance s'inscrivaient de façon plus implacable.

– Tu vas me dire que nous resterons bons amis ? Que désormais nous nous aimerons « bien » ? Que l'amour passe mais que l'amitié demeure ? C'est ça ? C'est ce que tu veux ?

J'ai rassemblé mes dernières forces.

– C'est ça, Florian.

D'un seul coup, son visage s'est décomposé.

– Alors, c'est fini ? a-t-il murmuré.

Les larmes se sont mises à couler sur ses joues, naturellement, sans crispation ni grimace, tandis qu'une petite houle soulevait sa poitrine.

Je me suis levée. Deux salopes lui avaient retiré sa confiance en lui. J'avais contribué à la lui redonner. Je n'allais quand même pas défaire tout le boulot en le laissant sur un souvenir d'abandon.

Je l'ai pris dans mes bras. Chaque geste était le dernier, chaque parole l'ultime.

– Ce ne sera jamais fini pour moi, mon cœur. Tu resteras toujours celui qui m'a offert le plus beau cadeau qui soit. Et sache qu'aucun autre n'en aurait été capable, aucun autre homme, aucun, aucun...

Il me semble que là, j'ai crié moi aussi. Un peu. Une première. Il y a un début à tout, même au désespoir total qui vous retire l'ultime arme de l'humour.

Son regard noyé m'a interrogée, ces yeux dont je n'étais jamais parvenue à définir la couleur, changeant au gré du temps et de la lumière, dans laquelle je m'étais si bien perdue, abîmée.

– On appelle ça le regain, ai-je répondu.

Je me suis détachée de lui, je lui ai pris la main et nous avons marché jusqu'à la porte. Il me semblait avoir un corps de verre, prêt à se briser.

Peut-être un jour comprendrait-il, comprendras-tu que lors de cet adieu, qui pour moi n'en était pas un, il s'en serait fallu de rien, le frissonnement d'une feuille de tilleul, un parfum de fleur, ou simplement tes lèvres forçant les miennes, pour que je renie mes beaux discours et, quelles qu'en soient les conséquences, m'offre ce regain jusqu'aux prochains labours.

Mais c'était l'hiver, finalement, je m'étais bien battue. Tu t'es incliné.

Et que les bien-pensants ne me parlent pas de victoire sur soi-même, de sacrifice ou de grandeur d'âme. Qu'ils gardent pour eux les mots de « résignation », « paix » et « sérénité ». Je hais les feux éteints et les sources taries. La pire des punitions que le ciel pourrait m'infliger serait de cesser de brûler.

Nous avons quitté la cabane de l'enfance.
Florian s'est arrêté sur le seuil. Il a levé le doigt.
– Flic-floc, a-t-il dit.
La neige fondait, le toit s'égouttait.
– La chanson de la solitude et du chagrin, a-t-il ajouté.
J'ai caressé une dernière fois, une première fois, cette nuque sans boucles pour retenir mes doigts.
– La solitude ? Mais mon cœur, c'est terminé, ça ! Je crains fort que l'homme beau, riche et célèbre ne sache bientôt plus où donner de la tête. Quant au chagrin, lorsqu'il pointera le nez, tu le confieras à Schubert ou à Miles Davis, et tu n'en seras que mieux entendu et aimé.

Alors, il se tourne vers moi et, du bout du doigt, il cueille une larme qui chatouillait ma joue et la passe sur ses lèvres. Ce tendre sourire, ce défi dans ses yeux, je n'ai pas, pauvre de moi, fini de m'interroger sur leur message. Alors que je viens de lui dire « plus jamais », il me semble y lire « toujours ».

Sans un regard vers la maison aux volets verts derrière lesquels m'épient les gardiens passés, présents et à venir de la triste vertu, je l'accompagne jusqu'à sa moto. Deux casques sont attachés au guidon. Il coiffe l'un et me désigne l'autre avant d'abaisser sa visière et d'enfourcher son destin.

Il décolle lentement, presque soyeusement, laissant derrière lui l'éblouissant sillage de la chevelure d'une comète.

Chapitre 46

C'était comme Guillou l'avait dit. D'or, le soleil, dans un ciel de soie bleu inaltérable. Un sable si fin qu'il vous en restait sur la peau comme un voile de cendre blanche. Vert passé, les cocotiers et les bougainvilliers à l'ombre desquels le souvenir frissonnant d'autres feuillages venait parfois me visiter.

Une île au bout du monde où le chagrin se perdait dans les plis d'une mer turquoise qui le berçait dans un souffle de guerrière assagie.

Pourtant, il ne fallait pas s'y tromper. Sous la paisible respiration, les amateurs de plongée pouvaient observer les prédateurs à l'affût de leurs tendres proies et, la nuit venue, visiter, derrière la rouge barrière de corail, les épaves d'un autre temps échouées dans les profondeurs de la mémoire marine.

Et personne n'ignorait que, non loin, la terre pouvait trembler et se déchaîner les foudres du ciel.

Ceux qui, comme moi, étaient venus chercher le repos sur l'atoll de Velidhu, avaient à leur disposition un centre de remise en forme où leur étaient prodigués des massages, à l'issue desquels une légèreté passagère vous donnait l'illusion de voler. Soins du corps et du visage étaient également dispensés à l'aide de crèmes tirées de plantes aromatiques qui, affirmait-on, rendaient à la peau la souplesse et la lumière perdues.

Chaque soir, des animations – que je laissais à Guillou –, avec musiciens et chanteurs locaux, étaient organisées par l'hôtel dont dépendait notre bungalow. Durant la journée, tandis qu'elle se dorait ou dormait, je partais à la découverte des îles voisines de la nôtre, dont certaines étaient si petites que l'on se serait cru sur l'une ou l'autre planète du Petit Prince.

Réfrénant son immense curiosité, l'amie de cœur m'a laissé choisir le moment de vider le mien. Lorsqu'elle a appris que, contrairement à ce qu'elle pensait, la rupture avec Florian avait été voulue par moi, elle a d'abord refusé de me croire. Ensuite, elle m'a approuvé : vivre en caravane, à nos âges... Enfin, elle m'a fait remarquer que j'avais raté la vocation de bonne sœur. Ce n'était pas Thérèse qu'on aurait dû m'appeler, mais « Mère Teresa ». J'aurais bien voulu qu'elle voie Mère Teresa à l'œuvre, avec son amant. Pardon, parrain !

Nul n'étant à l'abri d'un coup de blues, elle avait emporté ses comprimés magiques. Même en en ayant le plus grand besoin, je les ai refusés.

– J'ai déjà un tempérament à me droguer, lui ai-je expliqué. Je ne tiens pas à passer d'une addiction à une autre.

Nous avions toutes les deux « oublié » nos portables à la maison. Paul s'est ligué avec Augustin pour prendre régulièrement de nos nouvelles en passant par le fixe de l'hôtel. Lorsque mon mari me demandait « Tu t'amuses bien ? », j'entendais dans sa voix la crainte que, sous l'influence de la « dame des p'tits coups », je m'amuse trop. Si ça continuait, il finirait par regretter Florian.

J'ai recommencé à sourire en écoutant l'incorrigible dame me décrire par le menu les agréments et désagréments, bonnes et mauvaises surprises, de brèves étreintes malidhuviennes. Lorsqu'elle m'a proposé de me trouver un partenaire, je lui ai rappelé que j'avais toujours été farouchement pour la fidélité. À l'être aimé.

Un premier rire m'est revenu le soir où, sirotant notre cocktail d'enfer dans le salon au plancher de verre, et voyant passer un lourd poisson aux nageoires déployées et à l'œil méfiant, elle a crié : « Planque-toi ! c'est Paul qui nous espionne. »

Nos réguliers sont venus nous récupérer à l'aéroport, chacun avec un bouquet. Durant le trajet qui nous ramenait chez nous, Paul s'est montré d'une délicatesse exquise : pas un reproche, aucune plaisanterie de mauvais goût ni acerbe allusion au passé.

J'ai mieux compris sa bonne humeur lorsque arrivés à la maison, il m'a tendu un exemplaire de notre quotidien.

– Je t'ai gardé ça. On y parle de ton pianiste. Apparemment, son groupe et lui font un tabac. Ils sont même passés à la télé.

Une photo montrant Florian et Clara, côte à côte, illustrait l'article, en effet très élogieux pour les deux vedettes du spectacle. Là, le journaliste disait qu'ils faisaient un « malheur ».

Florian y semble heureux.

Il n'y a pas de grand cru sans assemblage. C'est en février que se pratique chez nous celui du merlot et du cabernet-sauvignon.

L'assemblage est davantage que la simple addition de deux vins, c'est également tout ce qui s'est joué et se joue chaque jour autour de ceux-ci, leur permettant de se sublimer. Un peu comme au piano où, derrière un accord simple, vous pouvez percevoir toute la symphonie.

L'opération est délicate. Il faut savoir se projeter vers l'avenir, s'assurer que le produit fini gagnera en profondeur tout en conservant sa vivacité et sa jeunesse.

Paul, Enguerrand, le Médocain et Nano en ont été les grands prêtres.

En début de matinée, bouteilles et verres ont été alignés sur des tables, les différents lots goûtés un à un, retenus ou écartés.

Puis des tests ont été pratiqués à l'aide de doseurs. On a ajouté un peu de celui-ci, un soupçon de celui-là, dégusté, comparé, jusqu'à totale satisfaction. La décision prise, les mariés ont été versés dans une même barrique. Ils auront goût de cassis, cerise et, d'après le Médocain, un surprenant nez d'épice.

Depuis toujours, la barrique est la fidèle compagne du vin. Quand elle est pleine, si vous la frappez du doigt, vous pouvez entendre le son mat du bois. Le son est plus clair lorsqu'elle est vide.

Lorsqu'une barrique, mise « à la retraite », ne contient plus de vin, son bois sèche et se racornit. Échappant aux cercles dorés dont les bras trop larges ne parviennent plus à l'enfermer, elle se désarticule. Ainsi va le temps. On pourrait en faire un roman.

J'aime bien descendre au caveau où l'on conserve les bouteilles de grand âge. Le vin y est assagi, apaisé et non moins délectable. Le fruit de l'arbre de vie y poursuit son existence. Même dans nos verres, ne nous dispense-t-il pas sa joie et son énergie ?

Nous avons quelques bouteilles de 1929, comme chacun sait un rare millésime. Il se trouve que c'est l'année de naissance de Paul. La vie a de ces bizarreries ! Le long des rangées silencieuses que recouvre la poussière des ans, on croit entendre murmurer l'expérience. Elle dit que tant qu'il y aura des hommes prêts à mettre au service de la vigne leur cœur, leur courage et leur enthousiasme, la belle aventure se poursuivra.

C'est là que j'ai caché la clé de la pièce à musique.

Va, mon Florian. Vogue, mon cœur.

Mars a été particulièrement doux. Sous les premiers rayons du soleil, la vigne a pleuré. Des larmes de sève ont perlé des plaies creusées par la taille. Peu après, les bourgeons ont commencé à gonfler, rouge et or, à l'abri de leur cocon. Nous nous sommes tous, bien entendu, mis à regarder le ciel plus souvent, redoutant les gelées printanières.

Sous le T-shirt de Marie-Jeanne, deux tendres pousses se dressent. Est-il possible que bientôt elle soit femme ?

Pour ses douze ans, elle m'a demandé de lui offrir un iPod sur lequel elle a enregistré ses chansons préférées, dont beaucoup interprétées par Diam's. Je suis, paraît-il, la seule adulte à pouvoir apprécier la chanteuse rap.

Toutes les musiques ne sont-elles pas bonnes à prendre ?

Confortablement installée sur mon lit, son réglé au maximum, j'ai été priée d'écouter une des chansons que ma petite-fille apprécie particulièrement, *Par amour*, et dont le refrain reprend, comme il se doit, le titre : « Par amour, rien n'est impossible. »

On y trouve les mots « viens », « âme-sœur », « folie », « lumière », bref tous ceux que se répètent les amoureux sur notre planète en imaginant qu'ils ont été écrits pour eux, ce en quoi ils ne se trompent pas.

En découvrant la phrase « Pourquoi se justifier, l'amour ne s'explique pas », chantée à mon intention par Diam's, les larmes me sont montées aux yeux. Cela n'a pas échappé à la petite espionne.

Elle était assise sur l'une de ces larges chaises paillées que l'on appelle « chaises de feu », car on peut s'y tenir à hauteur de flambée. Elle a tapoté ses genoux. J'ai compris et j'y suis venue. Je ne vois pas pourquoi une grand-mère déraisonnable n'aurait pas le droit de s'asseoir sur les genoux d'une petite fille pleine de raison.

– C'est les corps célestes ? a-t-elle chuchoté.

J'ai fait « oui ».

– Tu sais, la maîtresse a dit que même quand on ne les voyait plus ils étaient toujours là.

– Je sais, ai-je répondu.

Dans la rencontre comme dans l'adieu, sauras-tu jamais, petite étoile, quel rôle tu as joué ?

Lorsque le feu me dévore ou que les glaces me prennent, ce qui est la même souffrance, il m'arrive de me demander si je n'aurais pas préféré qu'une certaine nuit d'anniversaire Marie-Jeanne ne m'arrache pas à ma confortable tiédeur en m'indiquant la planète hors du temps. Ma réponse ne varie pas : si c'était à refaire, j'ouvrirais à nouveau ma fenêtre à l'amour et à la vie.

Le 12 juin, Lise a donné naissance à une petite Flore. Rien en vue du côté d'Aliénor qui s'était engagée à lui offrir un cousin ou une cousine de même âge.

Mon impatiente de fille a consulté un spécialiste et ordonné à Gérard de faire de même. Il paraît que chez l'un comme chez l'autre, tout est en parfait état de fonctionnement. Aliénor commence à s'inquiéter. Pourtant, elle qui est née dans la vigne devrait connaître le joli mystère de la nouaison.

Pour la fête de la Fleur, il n'y a pas eu de concert cette année. Les travailleurs du domaine ont apporté leurs instruments et ont chanté et dansé comme lors de la Gerbebaude.

Alors que s'épanouissaient les derniers bouquets du feu d'artifice, trois petits garçons très excités sont venus me trouver. Fort de son droit d'aînesse, Merlin m'a tendu une enveloppe.

– C'est de la part d'un monsieur sur une supermoto qui a demandé qu'on te la remette en main propre.

Depuis combien de temps mon cœur n'avait-il battu si fort ?

– Main propre, ça veut dire quoi pour une lettre ? a demandé Robin.

– Message secret. Je suis la seule à avoir le droit de la lire, ai-je répondu.

– Après, on l'apprend par cœur, on en fait une boule et on l'avale, a complété Richard.

Ils auraient bien voulu me voir faire, mais j'ai préféré me livrer à l'opération dans ma chambre.

L'enveloppe contenait une carte d'anniversaire ornée d'une seule bougie.

À l'intérieur de la carte se trouvait une phrase du *Petit Prince*.

La voici :

« Si tu aimes une fleur qui se trouve sur une étoile, c'est doux, la nuit, de regarder le ciel. Toutes les étoiles sont fleuries. »

Elle était signée d'une feuille de tilleul.

J'ai levé les yeux.

C'est doux, la nuit.

Table des matières

Première partie – LA FÊTE DE LA FLEUR..   9

Deuxième partie – LA VÉRAISON   73

Troisième partie – LE BAN DES VENDANGES   127

Quatrième partie – L'ASSEMBLAGE   207

Duel politique

(Pocket n° 11715)

Originaire d'une petite ville dans le Haut-Rhin, Charlotte s'est installée à Strasbourg avec son mari et ses trois enfants. Mais à la mort de son père, fabricant de jouets en bois et maire de la commune où elle a grandi, elle décide de déménager pour se présenter aux élections municipales et reprendre l'entreprise familiale. Seule Millie, sa petite dernière, la soutient dans ce projet. Tandis que son adversaire politique, une connaissance de longue date, lui fait subir menaces, calomnies et chantage...

Il y a toujours un Pocket à découvrir

Nouveau départ

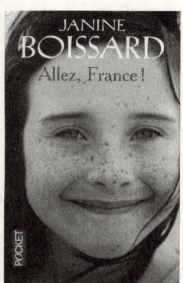

(Pocket n° 13547)

À neuf ans, la vie de la malicieuse France est bouleversée. Ses parents divorcent, son père lui impose un petit frère et elle fait sa rentrée dans une nouvelle école. Très vite, elle rencontre des enfants de tous horizons et fait la connaissance de leur famille. La famille justement... France dessine son arbre généalogique pour retrouver ses racines. Mais une case demeure vide : son grand-père Fernando est parti et personne ne veut en parler. Mais France n'a pas dit son dernier mot !

Il y a toujours un Pocket à découvrir

La vie est un théâtre...

(Pocket n° 13417)

Pour la petite Janine, qui se sent différente des autres, le théâtre de marionnettes, proche de chez elle, va devenir le lieu magique où tous les rêves, tous les espoirs sont permis. Un jour, elle se le promet, elle sera la princesse des contes de fées, celle que Guignol sauve de la méchante sorcière. En attendant, la Seconde Guerre mondiale lui apprend que monstres et ogres existent bien. Ballottée d'une école ou d'une pension à l'autre pour cause de « mauvais esprit », Janine s'accroche à son rêve : être un jour écrivain...

Il y a toujours un Pocket à découvrir

Imprimé en France par

à La Flèche (Sarthe)
en novembre 2011

POCKET – 12, avenue d'Italie – 75627 Paris Cedex 13

N° d'impression : 66626
Dépôt légal : avril 2009
Suite du premier tirage : novembre 2011
S18507/03